いちごケーキはピアニッシモで

西村友里・作　鈴木びんこ・絵

国土社

1 今日の運勢《うんせい》

「よって、ここにこれを賞する。平成…」

でっぷりしたおなかのおじさんから、佐奈《さな》ちゃんに賞状がわたされる。

体育館に集まった全校児童から、わーっと拍手《はくしゅ》がまきおこった。

「佐奈ちゃん、すごいよねえ。全市大会で優勝《ゆうしょう》なんだから」

「あのおじさん、けっこうえらい人らしいよ」

「へえ、そんな人がわざわざきたんだ」

香音《かのん》の後ろから、こそこそっと声がきこえる。

佐奈ちゃんは香音のクラスメートだ。

全市の女流囲碁《いご》大会ジュニアの部で優勝した。

「このように、わが地域の児童が、輝《かがや》かしい成績《せいせき》を修《おさ》めたことを、たいへんうれしく……」

おじさんの話はまだつづいている。

「佐奈ちゃんね、一昨日《おととい》の新聞に載《の》ったんだって、写真入りで」

また、ひそひそ声がきこえてくる。

「へえ、写真まで出たんだ」

「では、みなさんっ」

おじさんの声が、いちだんと大きくなった。

「もういちど、楠田《くすだ》佐奈さんに大きな拍手《はくしゅ》をおくりましょう」

わーっと拍手がおこり、佐奈ちゃんはあわてて立ち上がると、またぴょこんとおじぎをした。

佐奈ちゃん、すごいなあと、香音も思う。よかったねとも思う。

でも正直いうと、うらやましいっていう気持ちのほうがずっと大きい。

佐奈ちゃん、いいなあ。


教室にもどってからも、あちこちで佐奈ちゃんの話をしている。

「私、今のうちにサインもらっとこうかな」

ひときわ大きな声でさわいでいるのが、陽菜《あきな》だ。

「そのうち、テレビに出るかもしれないじゃん」

思わずふっと出たため息がきこえたのか、となりの彩美《あやみ》が、にやっとわらった。

「どうした？　さっきもため息ついてたじゃん」

「佐奈ちゃん、すごいなあと思って。あんな大きな賞状もらってて」

「まあね」

「でも、緊張《きんちょう》してたんだろうね。なんかこまったみたいな顔してた」

「本当に、こまってたんだよ」

彩美がさらっという。

「こまってた？　どうして？」

彩美はちらっと、まわりをたしかめた。

「昨日、佐奈がいってたんだけどさ、あのジュニアの部っていうやつ、参加者《さんかしゃ》は六人だったんだって」

「えっ、六人？」

香音も思わずあたりを見まわす。

「それ、どういうこと？　全市から集まってきた人の大会でしょ」

「だから、全市からかき集めても、六人しかいなかったんだよ」

「へえーっ」

「考えてもみなよ。小学生の女の子で、囲碁《いご》やってる子なんて、そんなにいるわけないよ。佐奈のほかに、だれか知ってる？」

いわれてみればそうだ。佐奈しか知らない。

「これも佐奈がいってたんだけどさ。どっかのえらい人が囲碁が好きで、今年からは女流大会に、ジュニアの部も作ろうっていいだしたんだって」

「へええ」

「だけど人が集まらなくてさ、まだ、習い始めたばっかりの子まで、ひっぱりだされたらしいよ」

「そうなんだ」

「その中で優勝《ゆうしょう》っていわれたって、恥《は》ずかしくていやになるって佐奈がぼやいてた」

彩美はそこで、くくっとわらった。

「もう、来年は、ぜったい出ないってさ」

「でも、みんなの前であんなに大きい賞状もらって、やっぱりいいと思うよ」

「あ、じゃあ、香音も囲碁やりなよ」

彩美の目がおもしろそうに動く。

「来年は、香音があれもらえるかもよ」

「まさか」

「あ、そういえば、香音って五目《ごもく》ならべ、強いじゃん。ホントにいけるかも」

自分でいっておいて、またくすくすわらう。

でも、香音はわらう気持ちになれない。

そんなにかんたんに賞状をもらえる人もいるんだ。全校のみんなに拍手《はくしゅ》してもらって。

また、ため息が出てしまう。

「どうしたの？　何だか今日の香音、ブルーだね」

「う、うん」

彩美には話してもいいのだけど。

ちょっとまよっているすきに、彩美は自分で答えをだしてしまう。

「あ、あれか、今朝、陽菜にいわれたの、気にしてるんだ」

今朝一番、教室に入るなり、陽菜が走りよってきた。

「ねえ、香音って蟹座《かにざ》だったよね。今日の運勢《うんせい》、蟹座は十二番目で最悪なんだって。すっごくいやなことが起こるかもよ。気をつけてね」

彩美がにやっとわらう。

「気にしない、気にしない。占《うらな》いなんてさ、いいときだけ信じときゃいいって、家のじいちゃんいってたよ」

キンコンカンコーン
チャイムがなった。

「静かにしてください。帰りの会を始めます」

日直の声がした。


ところが帰り道、また、後ろからきこえてきたのは、陽菜の元気な声だった。

「香音っ。待ってーっ」

バタバタと足音が近づいてくる。

となりの彩美が香音のほうをちらっと見る。

また、占いのつづきだろうか。

「香音、香音、私、思いだしたんだけどさあっ」

そのとたん、いやな予感がした。

今、香音が一番ききたくないことを、話そうとしているんじゃないか。

どんぴしゃだった。

「ピアノコンクールって、もうすぐじゃなかった？　香音、出るんでしょ」

「ううん、まだ……、決まってない」

思わずいってしまって、自分でどきっとする。

本当は、決まってるのだ。今年は出られないって。

心がぎゅっと固くなる。

でも、そんな香音におかまいなしに、陽菜は心の中までずけずけとはいってくる。

「香音、去年は優勝《ゆうしょう》したじゃない。きっと今年も優勝だよ」

そう、香音は、去年はじめて出場した全市の小学生部門ピアノコンクールで、優勝したのだ。

聴《き》きにきてくれた友だちは、みんないっしょによろこんでくれた。

陽菜もその中の一人だった。

「なにしろ、香音のお母さんはピアニストで、お父さんは、外国で活躍《かつやく》する指揮者《しきしゃ》なんだから」

そう、それもたしかにそうなのだ。でも、今は、それもふれてほしくない。

「だからさ、香音がピアノコンクールで優勝するのも、あたりまえなんだよねっ」

こういわれてしまうからだ。

優勝《ゆうしょう》どころか、今年はコンクールにだしてもらえないのに。


先週のレッスンの時だ。

音楽教室の佐藤先生が、ちょっとためらいながら、香音を見た。

「今年のピアノコンクールなんだけど、香音ちゃんには出てもらえないの」

なんとなくわかっていた。

あの子だ。

夏休みごろ、ほかの音楽教室からうつってきた。

「四年生だけど、すっごくうまいんだよ」

そんなうわさを耳にしてすぐだった。

音楽教室に少し早く着いたら、その子がレッスンで、「子犬のワルツ」を弾《ひ》いていた。むずかしい曲なのに、びっくりするくらい、音がきれいに流れていた。

香音は、とてもあんなふうに弾けない。

思わず立ち止まって耳をすましてしまった。

佐藤先生の声がきこえた。

「この曲は、あまり弾《ひ》ける子がいないのよ」

すると、その子はいったのだ。

「へええ、どうしてですか？　楽しい曲なのに」

あの子には、弾けない子のことなんか、想像できないんだ。

香音はドキドキして、いつのまにか柱のかげにかくれてしまっていた。


音楽教室から、コンクールへの出場を推薦《すいせん》される人数は決まっている。

香音より上手《じょうず》な子がいれば、香音は出られない。

でも、はっきりいわれた時、背中《せなか》がすうっと寒くなったのもたしかだった。

「香音ちゃんは、去年優勝《ゆうしょう》したけど、でも、今年は今年でしょ」

「はい」

小さな声で答えるよりなかった。


陽菜のおしゃべりはつづいている。

「ね、今年も香音が優勝だよね」

「そんなこと、わからないって。今年は今年なんだから」

でも、陽菜はびくともしない。

「またまた、そんなこといっちゃってぇ」

あはははっと、一人でわらってる。

彩美が、ちらっと香音を見た。

「本人がわからないっていってるんだから、いいじゃんか。コンクールに出るって決まったら、それから応援《おうえん》に行く準備したって、おそくないんだから」

「うん、そりゃそうだね。じゃあ、香音、がんばってね。また応援に行くからね」

バイバーイって、陽菜はかろやかに走っていった。


信号が青に変わる。

「悪い子じゃ、ないんだけどねえ」

大通りをわたってから、彩美がぼそっという。

「ときどき、いらっとさせられるんだよね」

「うん」

でも、今いらっとしたのは、陽菜のせいじゃない。

うじうじしている自分に、いらっとしたんだ。

彩美もきっと何か、感じてる。

「あのね、彩美、ピアノコンクールのことだけどさ」

「うん？」

「私…今年は、出られないんだ」

「え」

彩美の足が止まる。

「つまり、今年は私より上手《うま》い子がいるってこと」

かるくいおうとしたのに、声がふるえている。

「なんだ、そっか」

かるくうけてくれたのは、彩美のほうだった。

「ま、そんなこともあるんじゃない」

それ以上何もきかずに、歩きだす。

「うん……」

風がサラサラって流れた。

すずかけの大きな葉っぱが、ひらひらと落ちてくる。

「しかたないんだ。だって……」

つぎの言葉《ことば》をさがそうとした時だ。

香音は、はっと足を止めた。

やっぱり、今日の運勢《うんせい》は十二番目らしい。

「どうした?」

ふり返った彩美が、香音の視線《しせん》の先をたどる。

電柱のかげにかくれるようにして、二人の中学生がいる。

三つ編みの方は見たことがあるが、ショートカットの方ははじめて見る子だ。

「知り合い?」

彩美が小さい声できく。

「ううん、知らない子。でも今日はね、奏《そう》の誕生日なの」

「え?」

彩美がふしぎそうな顔をする。

奏は、香音の二歳年上の兄だ。

すらっした長い足に、黒目がちの大きな目。妹の目から見てもすごくカッコイイ。

そのうえサッカーが上手《うま》い。

まだ二年生なのに、中学校のサッカー部では、フォワードのレギュラー選手だ。

その結果、めちゃくちゃもてる、というわけだ。

バレンタインの時なんか、もらってきたチョコを見て、おばあちゃんが目をまるくした。

「おまえ、チョコレート屋でもするつもりかい」

で、すごくもてる兄を持つと、妹としては気をつけなくてはならないことがある。

「奏の誕生日っていうことはね」

早口で説明しようとしたのだが、そのまえに二人組がかけよってきた。

「奏くんの妹さんよね」

香音をはさみうちにして、かわいい声で話しかけてくる。

「は……い」

「あのね、わたしてほしいものがあるの」

いきなり紙バッグを押《お》しつけようとする。

「あの、私こまります」

香音はあわててあとずさりする。

「あ、大丈夫《だいじょうぶ》、大丈夫。中にちゃんと手紙も入ってるから」

ショートカットの方が、香音におかまいなしにランドセルに手を伸《の》ばし、紙バッグのひもをひっかけようとする。

「だめです。やめてください」

「ね、おねがい」

三つ編みが、逃《に》げようとする香音の腕《うで》をつかむ。すごい力だ。

思いきりふりきった香音がランドセルをおろしている間に、二人組は逃《に》げていってしまった。

「何、あれ」

彩美がぽかんと見送っている。

「ひったくりとは、いわないよね。その反対だから」

香音はため息をつきながら、紙バッグを見る。

ハートがピカピカ飛び散ったはでな紙バッグの中に、ピンクのリボンをかけてラッピングした四角い包《つつ》みが見えた。

「奏くんにわたしてって、いってたけど」

「だから、今日は奏の誕生日なの」

「はあ」

彩美がちらっと、紙バッグをのぞく。

「誕生日プレゼントっていうことか。でも、どうして直接わたさないんだよ」

「奏が受け取らないからでしょ」

「せっかく、あげるっていうのに？」

「もらってると、きりがないんだって」

「へえーっ」

だから、香音が受け取ってくると、きげんが悪い。

「どうして、もらってくるんだよ。やめてくれよ。おれのたいへんさがわからないか？」

そしてケンカになる。

最後におばあちゃんがおこって、気まずい雰囲気《ふんいき》で晩《ばん》ごはんになるところまで、予想できるのだ。

「カッコイイ兄さんを持つのもたいへんなんだね」

「うん」

「ピアニストのお母さんに、有名な指揮者《しきしゃ》のお父さん。そしてめちゃくちゃカッコイイ兄き」

彩美が指折りながら、しみじみという。

「これだけスターがそろってるんだもんね。だけどさ。『どんなおえらいさんだって、親兄弟は選べない』って、うちのじいちゃんがいってたよ」

桜小路商店街《さくらこうじしょうてんがい》のアーケードに入ると、「秋の行楽大安売り」ののぼりが、通りのあちこちにはためいている。

「香音ちゃん、おかえりっ」

大沢《おおさわ》酒店のおじさんは、いつも声をかけてくれる。

「ただいま」

ちょっと頭を下げて、香音は通りすぎる。

香音の家は、この商店街の真ん中あたりにある立花《たちばな》楽器店だ。

レースのカーテンをあしらったウィンドウには、リコーダーやハーモニカといっしょに、ヴァイオリンや、ピカピカのトランペットもかざってある。

コンサートのチケットもあつかっているから、ポスターも張ってある。

その中で、来月のオーケストラ演奏会のポスターは、いつもより目立つところにある。

なぜかというと、ポスターの中央で、にっこりわらってタクトを構《かま》えている指揮《しき》者《しゃ》が、パパだからだ。

もうすぐ日本公演があって、パパが帰ってくるらしい。

入口のドアには「立花美和《たちばなみわ》　ピアノ教室」と、手書きのボードも出ている。

これは、ママだ。

ママはピアニストだけれど、そんなに大きなコンサートを開いたりするわけじゃない。ミニライブもしているけれど、ボランティアのことも多いみたいで、ふだんは市立合唱団の伴奏《ばんそう》をしたり、自宅でピアノを教えたりしている。

おじいちゃんは店の奥《おく》にある工房《こうぼう》で、ピアノの修理《しゅうり》や調律《ちょうりつ》の仕事をしているから、店にいるのは、たいていおばあちゃんだ。

「ただいま」

ガラスの戸を押《お》して入ると、おばあちゃんとお客さんの、楽しそうな声がきこえてきた。

「こんな店をしててもね、自分はなかなかコンサートに行けないんですよ」

「あらあ、そうなの。そりゃあ、だめだよ。すてきな音楽は身も心もリフレッシュするよ。よけいなものがそぎ落とされて行くって感じかね。私なんかもう、よけいなものだらけだからね。せっせと行かなくっちゃ。はははははっ」

カウンターの前で、黒いレースのショールをまとったショッキングピンクのブラウスが、ゆれている。

後《うし》ろ姿《すがた》と声ですぐにわかる。

この商店街で見かけない日はないという、珠子《たまこ》さんだ。

「おかえり、香音ちゃん。学校は楽しいかい」

「はい」

にっこりわらって通りすぎる。

三階の自分の部屋へ行こうと、店の奥《おく》のドアを開け、レッスン室の前を通る。

かすかにピアノの音がきこえる。

ママのピアノ教室が始まっていた。

バイエルかな。

だいぶ以前に、香音も弾《ひ》いたことのあるメロディだ。

香音は、三歳からピアノを習っている。いつも、上手《じょうず》ねえってほめられてきた。

勉強もスポーツも、そんなにできるわけではない。でも、ピアノだけは、みんなに認《みと》められてきた。

発表会では、いっぱい拍手《はくしゅ》をもらったし、コンクールではいくつか賞も、もらってきた。

それなのに……。

香音は、ぐいっと自分の部屋のドアを開けた。

香音の家は、一階が店とレッスン室だ。二階がキッチンとリビングやおばあちゃんたちの部屋で、パパとママ、香音と奏の部屋は三階にある。香音のピアノと練習室もある。おじいちゃんは、庭の奥《おく》にある離《はな》れで仕事をしている。

おもい気分を引きずりながら階段を上がって、奏の部屋をのぞく。

まだ、帰ってきていない。

香音は、そっと紙バッグを置く。

帰ってきて、これを見つけたらおこるだろうな。

でも、私のせいじゃないもん。

そっとドアを閉める。

「香音、おまえだろ。これっ」

予想どおりだった。

晩《ばん》ごはんの時間ぎりぎりに帰ってきた奏は、あの紙バッグをぽんっと、テーブルの上に置いた。

「もらってくるなっていってるだろ」

「むりやりわたされたんだもん。しかたないでしょ」

「こまるんだよ。こんなものもらったら」

「じゃあ、お兄ちゃんが返したらいいじゃない」

「それができないから、いってるんだろ。おまえが返しに行ってこい」

「家も名前も知らないもん」

「まあまあ、いいじゃないの」

キッチンから野菜サラダを運んできたおばあちゃんが、二人の顔を交互《こうご》に見た。

「せっかくくれたものだし、もらっておきなさいよ」

「めんどくせえんだよ。このあとが」

「めんどうくさいって何だい。人の好意《こうい》は素直《すなお》に受け取るものだよ」

「はい、はい」

奏は、紙バッグの中を見もしないで、電子レンジの上にぽいっと置いた。

「おまたせ。今日は奏くんのリクエストで、カレーでーす」

ママが、カレーの皿をのせたトレイを運んできた。

食欲《しょくよく》をくすぐるいい香りがする。

「さあ、食べましょ。ママ特製のいちごケーキもあるわよ。今日はね、奏君のバースディをお祝いして、がんばっちゃったの。すっごいんだから」

ママは、料理が苦手だ。バラバラにくずれた魚の煮付《につけ》とか、みょうに甘《あま》みの残るシチューが夕食に出たら、ママの料理にちがいない。

「なにしろ、子どものころからピアノの練習ばっかりだし、指をけがしたらいけないからって、家のことなんか、ろくにやったことのない人だからねえ」

いつだったか、おばあちゃんが、ため息まじりにいっていた。

ところが、そんなママの手作りレシピで、このいちごケーキだけは特別だ。いつもとびきりおいしい。

ふんわりと舌先でほどけるロールカステラに、生クリームと、大きめにカットしたいちごが、たっぷりはいっている。

スポンジ生地《きじ》のやさしい甘さと、いちごの甘酸《あまず》っぱさと、とろりとした生クリームのバランスが、絶妙《ぜつみょう》なのだ。

「これだけは、自信があるの」

自分でも、はっきりいう。

だれかの誕生日とか特別な日、何かうれしいことがある時に、きっとママは、いちごケーキを作る。

本当に、これだけは、いつも、まちがいなくおいしい。いちごケーキのことを思うと、口元がゆるんで、気持ちがふわっとはずむ。

「ほう、それは楽しみだな」

おじいちゃんが、新聞をたたみながらにっこりわらった。

「カレーもおいしいよ。しっかり煮《に》こんだからね」

おばあちゃんのカレーとママのいちごケーキ、最高だ。

「いっただきまーす」

みんないっせいにスプーンを手にする。

ところが、思いきりカレーをほおばった奏が、口から、丸いものをポロンとはきだした。

「なんだ、これ」

「どうした？」

「なあに？」

みんなの目が集まったところで、ママがうれしそうにいった。

「あら、蜂蜜《はちみつ》のびんのふた、こんなところにあったんだ」

「蜂蜜？」

「隠《かく》し味《あじ》にいいってきいたから、仕上げに、ちょっと入れてみたの」

おばあちゃんが、ぎくっとした目でママを見た。

「そしたら、ふたがなくなっちゃって。どこにいったのかなってさがしてたの。奏君、見つけてくれてありがとう」

ママはうれしそうに、ふたをつまむと立ち上がる。

「そういえば、なんか、カレー味の中に、甘《あま》くてねちゃっとしたあと味が……」

顔をしかめる奏に、おばあちゃんがだまって水をさしだす。

「いや、大丈夫《だいじょうぶ》じゃ」

ゆっくり味をたしかめていたおじいちゃんが、うなずいた。

「さいわい、隠し味は効《き》いとらんようだわ」

香音ももういちどほおばる。

「うん、おいしいよ」

おばあちゃんが、ほっとため息をつく。

「よしっ」

気をとりなおした奏が、スプーンを持ち直した時だ。

電話が鳴った。

「はい、もしもし……」

受話器を手にしたおばあちゃんの視線《しせん》が、ちらっと香音に走る。

でも、声はキッチンに向いた。

「美和さあん、電話だよ。香音の学校の教頭先生から」

「まあ、教頭先生から？」

エプロンで手をふきながらやってきたママが、受話器を受け取る。

「おまえ、何かやったのか」

奏が小さい声できく。

香音はあわてて首をふった。

教頭先生から、電話がかかってくるようなことをしたおぼえはない。

ところが、ママのうれしそうな声がきこえてきた。

「まあ、私がですか。ええ、はい。まあ、フフフフ」

香音はドキドキしてくる。
今日の運勢《うんせい》、十二番目だって。
すごく、いやなことが起こるかもよ。
陽菜の言葉《ことば》が、ふと頭の中をよぎる。

2　全校音楽集会

「つぎはＰＴＡコーラスの演奏《えんそう》です。曲目は……」
司会のアナウンスがきこえたとたん、香音《かのん》は思わず胸《むね》を押《お》さえた。
今日は、全校音楽集会の日だ。
学年ごとに、合唱やリコーダーの演奏を発表する集会だ。
香音は、この集会が好きだった。
でも、今日だけは、朝から気分がおもい。
原因《げんいん》はＰＴＡコーラスの発表だ。

夕べの教頭先生からの電話は、このことだった。
昨日の放課後、音楽の竹井先生が、机《つくえ》から落ちた。音楽室の蛍光灯《けいこうとう》をとりかえようとして机に上がり、足を踏《ふ》みはずしたのだそうだ。思ったよりひどいケガで、竹井先生はそのまま入院してしまったのだ。

そこで、まず、どうしようとなったのが、今日のPTAコーラスの伴奏《ばんそう》だった。竹井先生の代わりに、いったいだれがやるのか。何しろ、音楽集会はつぎの日のことなのだ。

教頭先生の電話は、ママに、このピアノ伴奏をしてほしいという話だったのだ。

「どうして、ママなのっ」

「だれかがいってくれたんですって。立花《たちばな》さんだったら、きっと引き受けてくれますよって」

「それで、弾《ひ》くことになったの？」

「そうよ。さ、練習しなくちゃ。PTAコーラスの伴奏って、いちどしてみたかったの。うふふ、楽しそう」

あのあとママは夕食もそこそこに、ルンルンとピアノの部屋に入っていったのだ。

「母さんが、全校音楽集会で伴奏するのか……」

奏《そう》が、うなった。

「ねえ、お兄ちゃん、どう思う？」

「うーん。まあ、心配するな。少なくとも、ピアノの腕《うで》は大丈夫《だいじょうぶ》だ」

「そんなこと、わかってるよ」

ママはなんていったってピアニストだ。ピアノの腕《うで》はまちがいない。

香音が心配しているのは、そんなことじゃない。


一年生の時のことだ。参観日に、算数の授業があった。

「男の子が五人、女の子が三人で遊んでいます。みんなで何人か、わかる人」

「はーい」

声のする方を見ると、ママも手を挙《あ》げていた。

よそのママたちが、くすっとわらったのが、香音にもしっかり見えた。

これが始まりだった。

参観日にきたはずなのに、姿《すがた》が見えないこともあった。まちがえて、最後までずっと、となりのクラスにいたのだ。そして、先生にきいたらしい。

「あの、うちの子はどこにいったんでしょうか」

こんなママが、音楽集会で伴奏《ばんそう》なんて、大丈夫《だいじょうぶ》だろうか。

何か、とんでもないことでもやるんじゃないだろうか。みんなの前で……。

ざわめきがきこえる。

コーラスに出るお母さんたちがつぎつぎと、舞台《ぶたい》に上がっていく。

香音はごくっとつばを飲んだ。

最後がママだ。

「あれ、おまえの母さんなんだろ」

後ろから矢野健太郎《やのけんたろう》、通称《つうしょう》矢野ケンが体をのりだしてきた。

お母さんたちの中で、ピンクのワンピースがひときわ目立っている。

「なあ、寒くねえのか。いくらなんだってよお」

たしかに、この体育館の中で、ノースリーブはママだけだった。

絵里《えり》ちゃんに注意されて矢野ケンはだまったが、香音は顔が上げられなかった。

おねがいだから、何事もなく終わって。

でも、そんな香音の頭の上をピアノの音が流れ始めた。

すべるように音が走り出す。

ふわっと広がったかと思うと、すっと手をさしのべるように流れてくる音にのって、コーラスが始まった。

ママが舞台《ぶたい》で弾《ひ》くピアノを聴《き》くのは、ひさしぶりだった。

歌声とからみ合ったり、やさしく抱《かか》えこんだり、すっとはなれたり。

ママのピアノの音に、香音はいつのまにか、引き寄せられていた。

ピアノの音は歌声と体育館を包《つつ》みこみ、そのまま潮《しお》が引くように、おだやかに消えていった。

最後の音がふっと消えたあと、一瞬《いっしゅん》の間があって、わあっと拍手《はくしゅ》がおきた。

「香音ちゃんのお母さんってすごい」

絵里ちゃんが思いきり拍手をしながらいう。

退場していくママを見て、ほっとする気持ちと感動とで、どっと疲《つか》れる。

ママってやっぱりすごいと、あらためて香音も思った。

「香音ちゃんのお母さん、さすがね」

「そりゃあ、香音ちゃんだって、うまいはずだよねえ」

「ううん、そんなことないってば」

ニコニコして答えながら、心のどこかがチクッと痛《いた》む。

もしママみたいに弾けたら、あの子に負けたりしないんだ。

そしてやっぱり、これで終わりじゃなかった。

帰りぎわ、靴箱《くつばこ》の前で香音をよぶ声がした。

「立花《たちばな》さん」

廊下《ろうか》のむこうから、小走りにやってくるのは、教頭先生だった。

「ちょうどよかった」

手に紙袋を持っている。

「お母さんが、おわすれになったらしいんだ。持って帰ってくれるかな」

「はい」

受け取って、ふと中をのぞく。

黒のパンプス。

たぶん、今日履《は》いていた靴だ。

じゃあ、ママは何を履いて帰ったんだろう。

教頭先生と目が合う。

「スリッパは、ついでの時に持ってきてくだされぱいいと、伝えてくれるかな」

「は……い」

小さくついたため息がきこえたのだろう。

となりで彩美《あやみ》が、くくっとわらっていった。

「『天は二物《にぶつ》を与《あた》えず』っていうらしいよ。うちのじいちゃんがいってた」


「ただいま」

「おかえり」

新着の楽譜《がくふ》をならべていたおばあちゃんがふり返った。

「ママのピアノはどうだった？」

「すてきだった」

「そうかい」

おばあちゃんは、満足そうにうなずく。

「香音もがんばって練習しなくちゃね」

「う……ん」

「何だい。たよりない返事だね」

「だって……」

「だって、なんだい？　コンクールに出られないのも、自分の練習不足のせいだろう。それなら、もっともっと練習しなくちゃだめじゃないか」

心のチクチクが、頭を上げて突《つ》き刺《さ》さってくる。

がんばったよ、私だって。

でも……。

「わかってるっ」

ドアを開けて、すばやく閉める。

「香音っ」

去年、香音が優勝《ゆうしょう》したときのことを思い出す。先生にも友だちにも、みんなに拍《はく》手《しゅ》してもらって、すごいねっていわれて。本当にうれしかった。

のろのろと階段を上がりながら思う。

でも、もう私は、コンクールに出られないんだ。

部屋に入ると、ふうっとため息が出る。

「ねえ、ウサ子、どうしたらいい？」

ウサ子は、香音が大事にしているぬいぐるみだ。赤ちゃんのころから持っていて、小さいころはいつもだっこして寝《ね》ていた。

もう、毛もふさふさでなくなってきているし、長い耳もふにゃっとしているが、真っ黒の目は変わらずにキラキラしている。ウサ子に話すと、気持ちが落ち着いてくる。

「コンクールにだしてもらえないんだ。パパは指揮者《しきしゃ》で、ママはピアニストで、奏はサッカー選手で、みんなすごいのに、私だけ……」

香音はウサ子を抱《だ》いたまま、ベッドにごろんと寝《ね》ころんだ。

「賞状、ほしいな」

ふと、頭にうかぶ。

「ねえ、ウサ子。私、囲碁《いご》習おうかな」

ウサ子がびっくりして香音を見ていた。

3 青いドレス

香音《かのん》が通っている音楽教室は、桜小路商店街《さくらこうじしょうてんがい》のアーケードをぬけて、大通りへ十五分ほど歩いたビルの中にある。

「お母さんが教えたらいいのに、どうして？」

とよくきかれる。これはおばあちゃんの考えらしい。

「親が教えるっていうのは、やっぱりよくないと思うんだよ。しかるにしてもほめるにしても、他人のほうが、きちっとできるからね」

この音楽教室には四つのクラスがあり、先生も四人いる。

香音も三歳で習い始めたときはAクラスだったが、B、Cと上がって、いまはDクラスだ。

Dクラスには、香音とあの子のほかは中学生しかいない。担当は佐藤先生だ。

佐藤先生に習って、コンクールで優勝《ゆうしょう》した子は何人もいる。佐藤先生が選ぶ曲はむずかしいし、レッスンはきびしいけれど、香音は佐藤先生が好きだった。

受付でカードをだすと、いつものお姉さんが、にこっとわらってくれた。

お姉さんの後ろには、ピアノコンクールのポスターが張ってある。ポスターの中では、青いロングドレスを着た女の子が、大人っぽい表情でピアノに向かっていた。

そういえば、去年のコンクールで優勝《ゆうしょう》したときは、香音も、すそまでキラキラした青いドレスを着ていた。

「すっごくきれい。いっしょに写真撮《と》って」

陽菜《あきな》が、はしゃいでいた。

「香音ちゃん、よかったわ」

「優勝なんて、すごいじゃない」

「さすが、香音よね」

みんながほめてくれた。うれしかった。

練習はきびしかったけど、やってよかったたって、心の底から思った。


でも、もう……。

香音は、ゆっくりレッスン室のドアを開けた。

「こんにちは。香音ちゃん」

佐藤先生は、もう譜面《ふめん》を見ていた。

「練習はできてるかしら」

パタンとピアノのふたが開いた。

「よろしくおねがいします」

おずおずと、香音の指が鍵盤《けんばん》をたどる。

「香音ちゃん、もう少し、心をこめて弾《ひ》かないと」

今日も、弾き始めからきびしい。

「音のひとつひとつが雑《ざつ》なのよ」

そりゃそうだろうと、思う。きちんと練習していないんだもの。

先生は大きなため息をつく。

「香音ちゃん、たしかにコンクールに出られないのは残念だけど、だからって、こんな練習じゃだめよ。もっと音を大切にしてちょうだい。だいたい、ピアノはコンクールのために練習するものじゃないでしょ」

コンクールのためじゃない。

どきっとする。

「香音ちゃん、あなたは何のために、ピアノを練習しているの？」

何のため？

何のためだろう。

香音はあわてて自分の心の中をさがす。

練習すれば上手《じょうず》になるし、上手になれば、みんなにすごいっていってもらえる。

コンクールにだって、優勝《ゆうしょう》できる。だから、練習してる……。

ほかに、何かあるだろうか。

「香音ちゃん、どうなの」

佐藤先生の声がぐいっと響《ひび》く。

でも、そんなこととつぜんいわれたって。何のために練習しているかって……。

「わかりません」

「わかりません？」

佐藤先生の目が、ぴくっと動いた。

「わかりませんってどういうこと？　そんなにいいかげんな気持ちで弾《ひ》いてるの」

いいかげんじゃ、ないつもりだったけど……。

おずおずと、先生の顔を見上げる。

「そんなことだから、いきづまっちゃうのよっ」

いきづまってる？　私が？

香音はびっくりして先生の顔を見た。

「もっと、真剣《しんけん》に向かい合いなさい。こんな練習しかできないんだったら、あなたに、ピアノを弾《ひ》く意味なんかないわっ」

バシッと、先生の手が譜面台《ふめんだい》をたたいた。

そのひょうしに香音の楽譜《がくふ》が、カタンとはずれた。

弾く意味なんかない。

そうか……。

香音の中でだれかがつぶやいた。

もう、弾く意味なんかないんだ。

「もう、今日はいいから。しっかり考えてきなさいっ」

佐藤先生が、くるっと香音に背《せ》を向ける。

この背中を見るのは、はじめてじゃない。何回も見てきた。

おこられるなんて、しょっちゅうだ。

何回いったらわかるのっ。真剣に練習しないから、こんな音しか出ないのよっ。

そのたびに、ごめんなさいってあやまって、もっと練習しますって約束《やくそく》してきた。

でも……。

もういい。

ふと、そんな気がした。

意味ないいんだもの。もういいんだ。

「私、もう、いいです」

ぽろっと言葉《ことば》がでた。

「え？」

佐藤先生がふり返った。

「もう、ピアノやめます」

「何ですって」

ピアノのいすがガタンと大きな音をたてた。

「私、もう弾《ひ》く意味ないから、だから、もう、やめますっ」

「香音ちゃんっ」

立ち上がって楽譜《がくふ》を持つと、そのままぶつかるようにしてドアを開けた。

「香音ちゃん、ちょっと待ちなさい」

先生の声がとんでくる。

でも、ふり返らなかった。
「あらっ」
受付のお姉さんのびっくりしたような顔が、ちらっと目に入った。
そのまま音楽教室をとびだした。
大通りを走る。
ぶつかりそうになって、ふり向く人もいる。でも、香音は走った。
先生が追いかけてくるはずはない。でも、一秒でも早く、はなれたかった。
桜小路商店街のアーケードまできて、香音の足は、ようやく止まった。

商店街には、今日も元気よく「秋祭り大売り出し」の、のぼりがはためいていた。
香音はゆっくりと、歩き始めた。
とんでもないことをいっちゃった。先生、おこってるだろうな。
今ごろ、家に電話がかかってるかもしれない。
ふーっとため息が出る。
ママやおばあちゃんに、何ていおう。
それとも、もどっていってあやまろうか。

でも、足はもどれなかった。

目の前にコーヒーの空缶《あきかん》がころがっていた。ポーンと蹴《け》ると、ころころころがって、電柱にコトンと当たった。

電柱にポスターが張ってある。

「子ども囲碁《いご》教室、初心者歓迎《しょしんしゃかんげい》」

ひょっとして、佐奈《さな》ちゃんが通っている所だろうか。

おじさんを相手に、男の子が真剣《しんけん》な表情で碁盤《ごばん》に向かっている。

全市の大会に、参加者《さんかしゃ》が六人だっけ。

かんたんに優勝《ゆうしょう》して、あんなに大きな賞状をもらえるんだ。いいなあ。

とつぜん、チリンと自転車のベルが鳴って、どきっとする。

「香音、そんなところにぼーっとつっ立って、何してるの」

彩美《あやみ》だった。

「囲碁教室？　このポスターがどうかした？」

「私、ピアノやめて、囲碁習おうかな」

「ええっ」

彩美がさけぶ。

「何よ。どうしたの」

香音はふり返って、彩美を見た。

わらって見せようと思ったのに、ほっぺたがおもい。

「今、ピアノやめますって、教室の先生にいっちゃった」

「香音……」

彩美は自転車をおりて、香音の家までいっしょに歩いてくれた。

「あんまり考えこまないほうがいいよ」

立花《たちばな》楽器店の前までくると、彩美がいった。

「めんどくさいことがあったときは、めし食って寝《ね》ちまえって、家のじいちゃん、よくいうよ。明日は明日の風が吹《ふ》くって」


でも、ドアを開けたとたん、おばあちゃんの声がとんできた。

「香音、どうしたのっ。今、佐藤先生から電話が会ったところだよ。おまえ、ピアノやめるって、教室をとびだしたんだって」

やっぱり、「めし食って寝ちまう」わけには、いかないらしい。

香音は、だまって下を向く。

「とにかく、わけをきかせておくれ」

おばあちゃんがカウンターから出てきた。

ちょうどその時だ。店のドアがバタンと開いた。珠子《たまこ》さんだ。

「立花さん、新しい生徒さんをつれてきたよっ。ほらあ、遠慮《えんりょ》しないで。さあ、はいってはいって」

きょうの珠子さんは真っ赤な花柄《はながら》の服だ。店の中がパーッと明るくなる。

そして、珠子さんのうしろで、恥《は》ずかしそうに頭を下げたのは、山田米穀店《べいこくてん》のおばさんだった。

山田米穀店も、桜小路商店街にある店だ。

新米《しんまい》が出ると、おにぎりサービスをやるし、暮《く》れには店の前で餅《もち》つきをする。

「さあさあ、食べていってちょうだい。おいしいよっ。ほら、これが日本のお米だよっ」

おじさんより、おばさんの声のほうがよく響《ひび》く。

「うちは米屋だからね。力には自信があるんだよ」

米袋《こめぶくろ》もかるがるとかつぐし、軽トラックで配達に行くところも、よく見かける。

とにかく元気なおばさんだ。

ところが、今日はなんとなくようすがちがう。珠子さんの後ろで、へんに、もじもじしているのだ。

「山田さんね、ついに、決心したのよ。ピアノ習いたいんだって」

香音も思わずふり向く。

珠子さんのかげで、山田のおばさんがちょこんと頭を下げた。

「あたしみたいなもんが、今さらピアノなんてさ、おかしいと思うんだけどね。年も年だし、指もごつごつしているし、できるかどうかわかんないけど。だけど、もしできたら……」

消えてしまいそうな声だ。

「もちろん、大歓迎《かんげい》ですよ。音楽やるのに、年なんか関係ありませんとも」

一瞬《いっしゅん》のうちに、顔も声も変えたおばあちゃんが、ニコニコしていう。

「美和《みわ》は、今レッスン中ですけど、もう十分もしたら終わりますから」

「ほらね、私のいったとおりだろ。恥《は》ずかしがることなんか、これっぽっちもないってさ。山田さんね、『おぼろ月夜』が弾《ひ》きたいんだって」

「『おぼろ月夜』ですか」

「ちょっと、珠子さん、こんなところでいわなくてもいいじゃないの。やだね、恥《は》

ずかしい」

おばさんが、ほんのり赤くなっている。

「いいじゃないの。いい話なんだから。あのね、『おぼろ月夜』は、だんなさんの好きな曲なんだよ」

「もう、いいよ。珠子さんたら、やめとくれよ」

がはははとわらう珠子さんの後ろにかくれるように、山田のおばさんはひたすら体をちぢめている。

そのすきに、香音はそっとぬけ出した。


部屋にもどると、体中がおもくなったような気がした。

ベッドに腰《こし》かけて、ふと見ると、手提《てさ》げの中で、楽譜《がくふ》がくしゃっと折れている。

取りだして折り目をもどすと、そっとなでた。

どうして、あんなこといっちゃったんだろう。

ベッドの横でウサ子が、心配そうに香音を見ている。

ウサ子を抱《だ》き上げて、ひざの上にのせた。

「香音ちゃん、今だったらまだ、あやまりにいけるんじゃない」

ウサ子がそういっているような気がする
「いいの」

ウサ子をぎゅっと抱《だ》く。

「コンクールに出られないんだから。拍手《はくしゅ》ももらえない。みんなに認《みと》めてもらえない。それならピアノなんかやらなくてもいい」

だから、もう、ピアノなんてやめちゃったらいい、って思おうとするんだけど、素直《すなお》にそうは思えない。

だって、それはちがうでしょって、心のどこかでは、つぶやいている。

コンクールに出て、みんなにほめてもらう。そのためだけに、ピアノを練習するって、たしかにちょっとおかしい。

でも、じゃあ、なんのために……。

それがわからない。

まくらに顔をうずめる。

先生、おこってたなあ。

おばあちゃんも、おこってた。

でも、でも、コンクールに出られないんだもん。

弾《ひ》く意味がないって、先生がいったんだもん。


コンクール。

去年はよかったなあ。

ステージに上がる。

みんなの拍手《はくしゅ》。

出だしは、アンダンテ。しずかなメロディ。

それから、ちょっとやさしくふくらませて、一気に流れ始める。それから、だんだんテンポが速くなって……。

いきなり、香音の指が止まる。

えっと、このつぎは、何？　何の音だっけ。

グランドピアノに、青いドレスを着た香音が映《うつ》っている。

わからない。つづきの音が出てこない。

心臓《しんぞう》が、スーッと冷たくなる。

どうしようっ。

弾けないっ。

がばっと起き上がる。

「夢《ゆめ》……？」

香音は、ふーっと大きく息を吐《は》いた。

やたらと、青いドレスがあざやかに見えていた。

とまった指先も、まだ目にうかぶ。

気がつくと、心臓《しんぞう》がドキドキしていた。指もこわばっている。

しばらく香音は動けなかった。

ぼんやりすわりこんだ香音の耳に、だれかのよぶ声がきこえてきた。

奏《そう》だ。

「香音、香音、おりてこいって。ばあちゃんがよんでるぞ」

のろのろとドアを開けると、奏が腕組《うでぐ》みをして立っていた。

「おまえ、ピアノやめるっていったんだって。ばあちゃん、カンカンだぞ」

「わかってる」

できるだけ、奏を見ないようにして廊下《ろうか》に出る。

「何だよ。コンクールに出られないってくらいで」

出られないくらいって、そんなにかんたんなことじゃないもん。

心の中でつぶやく。

「まあ、うちの親は二人とも、自分の好きなことを追求している人たちだからなあ。おまえもおれも、そこそこ好きにしていいんだと思うよ」

香音はちらっと、奏の顔を見た。

奏が、にやっとわらう。

「ピアノだって、やるかどうかは、おまえの自由だから、やめたっていい。ただ、もうちょっとやり方は考えろよ」

香音は、だまって階段《かいだん》をおりる。

後ろで、奏のため息がきこえた。


「香音、どういうことなんだい」

キッチンにはいるなり、おばあちゃんの視線《しせん》に、がっちりつかまる。

「ピアノをやめるって、どういうことなんだい。しかも、そのままピアノ教室をとびだしたそうじゃないか。先生が心配して電話をくださったんだよ」

「香音ちゃん、何かあったの？」

おばあちゃんの後ろから、ママが心配そうに、のぞく。

香音は両手をぎゅっとにぎり合わせた。

「もう、やりたくないんだもん」

「だから、どうしてだってきいてるんだよ。コンクールに出られないから、じゃあやめますってことかい。そんなことでどうするんだい」

「だって……」

「来年こそ出るぞって、ここでがんばるのが本当だろ」

「来年だって、出られるかどうかわかんないもん」

「わかんないじゃなくて、出るぞっていう気持ちが大事なんだよ」

「もう、いいじゃねえか。いやだっていってるもん、むりにやらせなくたって」

「おまえはだまっといでっ」

一喝《いっかつ》された奏が、首をすくめる。


だって、意味ないんだもん。

コンクールに出ないんだったら、みんなに拍手《はくしゅ》してもらえないんだったら、もう、がんばる気持ちになれない。

気がつくと、涙《なみだ》がこぼれていた。

「あら、香音ちゃん、泣《な》かなくてもいいのよ」

ママがあわてて、かけよってきた。

「おばあちゃんもママも、おこってるんじゃないの」

「だって、もういやなんだもん」

香音は、声をふりしぼる。

ふうっと、おばあちゃんのため息がきこえる。

「しかたないね。そんなことじゃ、何やってもむりだよ。本当にこまった子だ」

おばあちゃんは、くるっと向こうを向くと、炊飯器《すいはんき》のふたをカチっと開けた。

「とにかくごはんにしよう。奏、おじいちゃんをよんできておくれ」

「あいよ」

とっさに、香音は顔を上げた。

「私が行く」

「香音ちゃん……」

ママの手をするりとぬけて、香音はキッチンから逃《に》げだした。

香音の家には、二階の奥《おく》にある物干《ものほ》し場《ば》からおりる外階段《そとかいだん》がある。裏《うら》の離《はな》れにあるおじいちゃんの工房《こうぼう》へは、キッチンからだと、この外階段をつかう方が早い。

「寒っ」

外階段のドアを開けた香音は、思わず首をすくめた。ひゅーっと北風が吹《ふ》きぬける。涙《なみだ》でぬれた頬《ほお》がぴりっと冷たくて、あわてて両手で顔をこする。

塀《へい》にからみついたツタの葉もゆれている。

せまい中庭は、もう薄暗《うすぐら》かった。石畳《いしだたみ》に工房の灯《あか》りがこぼれている。

香音はこの、オレンジ色の灯りが好きだ。

あの中でおじいちゃんは、いつもこつこつと、ピアノの調律《ちょうりつ》や修理《しゅうり》をしている。

香音はてすりにもたれて、しばらく工房の灯りを見ていた。

おじいちゃんは、何ていうかな。やっぱり、がんばれっていうだろうな。

でも、がんばったって、もうダメなんだ。あの子がいるんだもん。

香音は小さくため息をつくと、階段をおりた。コンコンとサンダルの音が響《ひび》く。

工房のドアに手をのばすと、かすかに、ピアノの音がきこえた。

そっとドアを開ける。

ピアノの音がふわっと大きくなり、オレンジ色がかった灯《あか》りといっしょに、香音を包《つつ》んだ。

「おじいちゃん」

ピアノの向こうから、おじいちゃんが顔をだす。

「ごはんだよ」

「おお、もうそんな時間か」

おじいちゃんが、時計をちらっと見た。

「もう少しだから、先に食べ始めといておくれ」

「うん、わかった」

おじいちゃんの顔が、ピアノに向かう。

「こんどはこのピアノ？」

「ああ、ずいぶん古い物だが、なんとかしてやろうと思ってな」

ぽーん、ぽーん。

おじいちゃんは、一音ずつ、ていねいに治《なお》していく。

ぽーん、ぽーん。

ほんの少しずれていた音がかさなるまで、何回もたしかめる。

香音はこの調律《ちょうりつ》の音が好きだった。

ぽーん、ぽーん。

だんだんよりそっていくふたつの音が、工房《こうぼう》の中でやさしく響《ひび》く。

この音をきいていると、ささくれだった心の中が、おだやかになっていくような気がする。

「香音」

ゆっくりと、おじいちゃんが顔を上げた。

「どうした？　何かあったのか」

張りつめていた心のどこかが、ふわっと、ゆるんだような気がした。

すっと言葉《ことば》が出る。

「おばあちゃんにおこられちゃった」

「ほう、何をやったんだ」

「ピアノやめるっていったの」

「ほう、香音はピアノをやめたいのか」

「うん」

「そうか」

どうしてって、きくかな？　香音は自分の指先に目をやった。

でも、おじいちゃんはいつもと変わらなかった。

「それなら、やめてもいいさ」

「え」

おじいちゃんは、ちらっと香音を見ただけだった。

「おばあちゃんには、おじいちゃんからいっておくから、心配しなくていい」

「ううん」

香音はあわてて首をふる。

「いいの、それは。私が悪いんだから、いいの」

私が悪い。

香音は自分の言葉《ことば》にちょっとびっくりした。

でも、たしかにそうなんだ。佐藤先生にあんな言い方をしたのも悪い。

おばあちゃんがいうように、がんばる子がえらいのに、私はもうがんばれない。

だから……、

「もう、いいの」

「そうか」

おじいちゃんは、一瞬《いっしゅん》考えるような目をしたが、小さくうなずくと、ゆっくりピアノに向かった。

ぽーん、ぽーん。

調律《ちょうりつ》の音が、また始まる。

その音の中で、もういちど思う。

私はもう、みんなに拍手《はくしゅ》してもらうことはないんだ。

ぽーん、ぽーん。

おだやかに、調律の音がつづく。

ふと気づくと、このピアノ、小さい傷《きず》があちこちについている。

おじいちゃんは、腕《うで》のいい職人だ。有名なピアニストのために調律をたのまれて、大きなホールに行くことも多い。

すごく上等なピアノの修理《しゅうり》もしている。

こんな傷だらけのピアノは、めずらしい。

「どうした?」

おじいちゃんが顔を上げる。

「ううん、べつに。ただ…このピアノ、どんな人が弾《ひ》くのかなって思って」

「ああ」

おじいちゃんがにっこりわらう。

「これはな。おじいちゃんの古い友だちにたのまれたんだ」

「古い友だち？」

「中学の同級生だ」

「へえ。それで、このピアノ上等なの？」

「ははははは」

わらいながら、おじいちゃんは、そっとピアノをなでた。

「上等とはいえんかな。これは、あいつの奥《おく》さんが弾いてたんだよ。もう十年以上前に亡《な》くなって、それっきりだれも弾いていなかったんだが、お孫さんがピアノを習い始めたそうで、もしこれを弾いてもらえたらって、思ったらしい。何とかなるかって、電話がかかってきた」

「それで、引き受けたんだ」

「まあ、何とかしてやりたくてな」

それだけいうと、おじいちゃんはまた、ピアノの上にかがみこんだ。

ぽーん、ぽーんと、おっとりとしたピアノの音が響《ひび》く。

その子は、どんな気持ちでこのピアノを弾《ひ》くんだろう。

おじいちゃんの友だちは、どんなことを考えながら、そのピアノを聴《き》くんだろう。

おじいちゃんには、それがわかっているのかもしれない。

温かい工房《こうぼう》の光の中で、ところどころ塗《ぬ》りのはげたピアノは、とても心地よさそうに見えた。

ぽーん、ぽーん。

ピアノの音が響く。

4 囲碁入門《いごにゅうもん》

「ねえ、香音《かのん》、家族についての作文っていうやつ書けた？」

昼休み、彩美《あやみ》がめんどうくさそうにきく。

一週間ほど前に出た課題《かだい》だ。

「ううん」

ぜんぜん書けていない。

「立花《たちばな》はいいよなあ。有名人の子どもで。オヤジは指揮者《しきしゃ》だろ」

いきなり話に割《わ》りこむのは、矢野《やの》ケンだ。

今日も漢字の宿題をわすれてきて、今まで書かされていた。

「いっぱい書くことあるんじゃねえか」

たしかにネットでも開けば、いろいろ話題が出てきそうだ。何とか賞をとったとか、すごいところでコンサートをしたとか。

「家族についてなんてさ。書くことといっぱいあるヤツと、何にもないヤツといるんだぜ。不公平じゃねえか。あんな宿題、やる気にならねえよっ」

「へえぇ、矢野ケンがやる気になる宿題って、あるのかなあ。あるならいってごらんよ。私が先生にたのんであげるわよ」

彩美がいい返す。

「ふんっ」

矢野ケンは、漢字のノートを先生の机《つくえ》の上にバサッと置いて、出ていった。

「ま、矢野ケンの気持ちもわからないわけじゃ、ないけどね」

彩美がふーっとため息をつく。

「でもね、私、じつはパパのこと、あんまりよく知らないんだ。だって、このまえ会ったの一年もまえだもん」

それも、ママといっしょにコンサートホールの楽屋《がくや》に行って、ちらっと見ただけだ。何をしゃべったかも、よくおぼえていない。

「そんなに、会ってないの」

「うん。絵ハガキとかは、ときどきくるけどね」

でも、このまえとどいた絵ハガキは、イギリスのビッグベンの前で、男の人と女の人が抱《だ》き合ってキスしている写真だった。

そこに、大きな字で書いてあったんだ。

『マイ、ラヴ、香音！』

こういうのを親からもらって、どうしたらいいんだろう。

「まあ、すてきっ」

ママはうれしそうだったけど、おばあちゃんは、うーんってうなっていた。

パパとの思い出で、はっきりおぼえていることがひとつだけある。


香音はどこかの道を、パパと手をつないで歩いていた。

幼稚園《ようちえん》で習ったバナナの歌が大好きだった香音は、そのときも、歩きながら歌っていた。

「バナナン、バナナナン、バッナーナッ」

すると、パパもいっしょに、大きな声で歌いだしたのだ。

「バナナン、バナナナン、バッナーナッ」

すれちがう人が、ちらちらこちらを見ていった。

先に歌うのをやめたのは、香音のほうだった。

パパっていう人も、ひょっとしたら、作文には書きにくい人かもしれない。

「だけどさ、香音のお父さん、もうすぐ日本に帰ってくるっていってなかったっけ」

「うん。来週、日本でコンサートがあるんだって」

演奏会《えんそうかい》のポスターが、店にも張ってある。

「じゃあ、家に帰ってくるんだ」

「さあ、それはわかんない」

「え、どうして」

「去年も日本でコンサートがあったけど、ホテルに泊《と》まっていて、家には帰ってこなかったもん。スケジュールがたいへんなんだって」

「でも、会いには行くんだよね」

「どうかな。ママは行くと思うけど。どうせ、コンサートがあるのは東京とかだし」

「へえ、そうなんだ。私、てっきり香音に会いに帰ってくるんだと思ってたよ」

「どうして？」

「だってさ、明日は香音の誕生日でしょ」

「ああ、そうか」

「ああそうかって、それはないでしょ」

彩美の言葉《ことば》に、香音もわらってしまう。

でも、香音の誕生日のためにパパが帰ってくるなんて、考えもしなかった。

「パパは、私の誕生日を知ってるかなあ。それもあやしいよ」

「へえーっ」

真剣《しんけん》におどろいている彩美を見ながら、やっぱり、家族の作文にパパは無理《むり》だなあと、思う。


キンコンカンコーン。

昼休み終わりのチャイムが鳴っている。


「今日、ひまだったらうちにこない？『放課後《ほうかご》プリンセス』の新刊買ったんだ」

帰り道、彩美がさそってくれる。

「えーっ『放課後プリンセス』っ」

今、香音のクラスで人気ナンバーワンのマンガだ。

「読みたいけど、ごめん。今日は、ママと買い物に行くことになってるんだ」

「へえ、買い物？　めずらしいね」

「うん。じつはね」

つい、にやっとしてしまう。

「誕生日プレゼントを買ってもらうんだ」

「そりゃあ、大事だわ。何？　何買ってもらうの？」

「あのね、デコ・プリンター」

「へえっ、すごいじゃん」

「写真に描《か》きこみとか、イラストとかいろいろできるやつ」

香音はつい、口元がゆるむ。

「わあ、いいなあ。年賀状とかも作れるじゃん。香音からどんな年賀状がもらえるんだろ」

「ふふふ、お楽しみに」

「すっごいのが、きたりしてさ」

「何、それ、どんなのを想像《そうぞう》してるのよ」

「へへへへへ」


大通りの信号をわたったところだった。

「あれ、何だろ」

先に気づいたのは、彩美だった。

桜小路商店街《さくらこうじしょうてんがい》のアーケード入口のあたりに、何人もの人が集まっている。

「交通事故《こうつうじこ》かな」

先週もここで、事故があった。

「でも、自動車もバイクも止まってないし」

かなり近づいたところで、後ろからだれかが走ってきた。

「ねえ、何？　何があったの？」

陽菜《あきな》だ。

陽菜って、何かあったとき、不思議《ふしぎ》なくらいそこにいる。

「事故かな」

「さあ」

とつぜん大勢の人の輪《わ》の中で、拍手《はくしゅ》が起こった。

思わず、顔を見合わせる。

何かが終わったみたいだった。

ほどけていく輪の中から、一人がふとふり返った。

「おっ、香音ちゃん」

大沢酒店のおじさんだ。いつも、元気な声で、おかえりって声をかけてくれる。

ところが、今日は元気すぎる感じだ。両手を挙《あ》げてさけんでいる。

「香音ちゃんっ、まさにグッドタイミングってやつだよ、これはっ。ほらほらっ、お父さんだよ」

「え」

お父さん。

考えるひまも何もなかった。

人垣《ひとがき》の中から、背《せ》の高い人がとびだしてきたと思った瞬間《しゅんかん》、香音はその人に、がっしりと抱《だ》きしめられていたのだ。

「ああ、私の香音、会いたかったよっ」

なぜか、また、拍手《はくしゅ》がわき起こっている。

何が起こったの。どうしたらいいんだ。

わけがわからない香音の目に、ぽかんと口を開けた陽菜が見えた。


階段《かいだん》の下からは、まだ、にぎやかな声がきこえている。

香音は、三階にある自分の部屋のドアを、そっと閉めて、ため息をついた。

パパの同級生だった人、商店街の会長さんや、ママのピアノの生徒さんと、今もまだつぎつぎに、人がおしかけている。

さっきは珠子《たまこ》さんが、真っ赤なバラの花束《はなたば》を持ってきていた。

「一日早い飛行機に乗れたんですって」

「それならそれで、ちょっと連絡《れんらく》してくれりゃあ、いいのにねえ」

ママもおばあちゃんも、やれお茶だお菓子だと、うれしそうに走りまわっている。

おじいちゃんも、お客さんたちであふれている店内で、にこにこわらって話している。

香音もさっきまで、お茶を運んだり、お菓子を買いに行ったりと、あの騒《さわ》ぎの中にいたのだ。

みんな、やたらとうれしそうだった。

「香音ちゃん、よかったね」

「お父さんが帰ってきて、うれしいだろ」

「すてきなパパさんだねえ」

香音はそのたびに、なんとなくわらっておくしかなかった。

「才能《さいのう》ってもんは遺伝《いでん》するからね。香音ちゃんも優秀《ゆうしゅう》な音楽家になるよ」

そんなことといわれたって、はいっていえない。コンクールにも出られないのに。

道で抱《だ》きしめられたあと、香音は、パパと何かしゃべっただろうか。

そのあともパパは、ずっと香音の手をはなさなかった。

でも歩いている間中、つぎつぎといろんな人が話しかけてきた。

「立花さん、おかえりなさい。日本でコンサートですか」

「東京のコンサートのチケット、買っているんですよ」

そのたびに、パパはにっこりわらってあいさつをする。

はなれたところで、香音たちを見ている人もいた。

ケータイをかざして、写真を撮《と》っている人もいた。

香音は、顔が上げられなかった。

いったい何なんだろう。

うーんと伸《の》びをしたら、カレンダーが目に入った。今日の日に花丸がついている。

花丸の横には、「ママと買い物！」

ママは完全にわすれていたし、香音から、そんなことをいいだせる雰囲気《ふんいき》でもなかった。

デコ・プリンターは、どうなるんだろ。

「もう、やだっ」

香音は、ごろんとベッドに寝《ね》ころんだ。

時計を見ると、十時を過ぎていた。少しの間、うとうとしていたらしい。そっとドアを開けて、耳をすます。さすがに、もうお客さんの声はしない。でも、二階に下りると、キッチンからは灯《あか》りがもれていた。おばあちゃんが、だれかと話しているのがきこえる。

「おなかすいたな」

リビングには、お菓子のほかに、いろいろな食べ物がならんでいた。パパの好きなオムレツ屋のコロッケもあったし、お寿司《すし》もあった。

まだ何かのこっているかもしれない。のぞいてみようか……、一瞬《いっしゅん》、足が止まる。

でも、いいや。

それより香音には、しなくてはならないことがあった。

宿題だ。

「今日は、それどころじゃなかった」

先生にそういったら、ゆるしてもらえるかもしれない。でも、それは、いいたくなかった。

「有名人の子ってたいへんだなあ」

ぜったい、だれかにいわれる。

ただでさえ、あの陽菜にしっかり見られたのだ。パパに抱《だ》きつかれたところを。

全校に広まっていたって、不思議《ふしぎ》はない。

「宿題、ぜったいやろう」

と思ったところで、気がついた。

ランドセルが見当たらない。

店のカウンターに、置いたままにちがいなかった。

香音は、キッチンの灯《あか》りに背《せ》を向けて、そっと店におりて行った。

でも店へのドアを開けたとたん、どきっとして足が止まってしまった。

非常灯《ひじょうとう》のうっすらした灯りの中に、だれかがいたのだ。

その人がふり返った。

「香音、どうしたんだい。こんな時間に」

パパだった。

「あの、ランドセルを取りにきたの。宿題があるから」

「ええっ。いまから宿題かい」

だれのせいで、こんな時間になったんだと、香音は心の中でつぶやく。

「たいへんだねえ」

香音は、だまってランドセルに手を伸《の》ばす。

でも、背中《せなか》にパパの視線《しせん》を感じる。パパは、ずっとにこにこしながら香音を見ているのだ。

香音は一回息を吸《す》ってから、ふり返った。

「パパは何してるの？」

すると、パパはすごくうれしそうに、あたりを見まわした。

「ここはね、パパの原点なんだよ」

「げんてん？」

思わず、パパの顔を見てしまう。

「子どものころ、ここにある楽器にさわりたくてね。でも、店のものだから、好きにさわらせてはもらえない。どんな音が出るんだろう、どんなすばらしい音が鳴るんだろうって、気になってしかたがなかったんだ」

香音はちょっとびっくりしていた。

香音も同じなのだ。

ピカピカのトランペットや、宝箱《たからばこ》のようなケースに入ったフルート。

なかでもお気に入りは、おじいちゃんが修理《しゅうり》したヴァイオリンだった。丸いような、長いような不思議《ふしぎ》な形にひかれて、いつまでも見ていたのをおぼえている。

パパもそうだったんだ。

パパは両手を広げると、店中の空気を吸《す》いこむように、大きく深呼吸《しんこきゅう》した。

「ああ、この匂《にお》い。楽器たちの匂いだねえ。パパはね、大人になったら、ぜったい、ここにある楽器を全部鳴らしてみるんだって、決めてたんだよ。だから、指揮者《しきしゃ》になっちゃった。はははは」

パパは楽しそうだった。

でも、香音はいっしょにわらえなかった。

「だから、なっちゃった」って、かるくいうけど、パパにはそれだけの才能《さいのう》があったから、指揮者になれたんだ。やっぱり私とはちがう。

「香音も、そう思ったことないかい」

いきなりきかれて、どきっとする。

「香音は、どんなにすばらしい音楽にめぐり合うのかなあ。楽しみだねえ」

ちがう。

香音は心の中で、つぶやく。

パパは指揮者《しきしゃ》になれたけど、香音はなれない。だって……。

でも、パパは一人でしゃべりつづける。

「あ、香音はピアノを習っているんだったね。じゃあ、香音はピアニストになるんだね」

「ううん」

とっさに、首をふっていた。

「え？　ちがうのかい。どうして？」

パパの不思議《ふしぎ》そうな顔を見た時、香音の心の中によみがえってきた声があった。

「どうして？　弾《ひ》いたら楽しい曲なのに」

あの子だ。

パパもあの子と同じなんだ。

弾けない子のことなんか、想像《そうぞう》できないんだ。

香音の心の中に、もやもやしたものがわき起こってきた。

何にも気がつかないパパはきく。

「じゃあ、香音は、どんな楽器をやりたいんだい」

どんな楽器を？

やりたいからって、だれでも何でもできるわけじゃない。パパやママはできたかもしれないけど、私にはそんな才能《さいのう》ない。私の気持ちなんか、パパにはわからない。

「私はいいの」

私にはできないんだから。

「えっ、いいのって、どういうことだい？」

真剣《しんけん》にびっくりしたパパの言葉《ことば》が、香音の心を逆《さか》なでする。

どうせ、世界的に有名な指揮者《しきしゃ》のパパに、香音の気持ちなんかわかるわけがない。

「私は……、音楽をしたいと思ってないから」

負け惜《お》しみにしかきこえないだろうけれど、ほかにいう言葉《ことば》が見つからない。

ところが、パパには、負け惜しみさえ伝わらない。

「なんだって！　こんなにいろんな楽器があるのに？　どんなにすばらしい音をだすのか、知りたいと思わないのかい」

思わず、パパをにらんでしまった。

どこまで、香音の気持ちがわからないんだ。

「思わない」

「ええっ。思わないっ」

両手を広げて、パパはさらに大げさにおどろく。

香音のモヤモヤが、わーっとふくれあがった。

やりたくたって、できない子はできないんだ。ちょっとぐらい、わかってくれてもいいじゃないかっ。

香音の心の中で、何かがぷちっと切れた。

「ママの子だからって、ピアノがうまくなくちゃいけないの。ピアニストと指揮者《しきしゃ》の子は、音楽が上手《じょうず》じゃないとだめなの？」

いっちゃった。

香音は、言葉《ことば》がとびだしてしまった口を、あわてておさえた。

パパの口がポカンと開いて、しどろもどろにいう。

「い、いや、それは……、あの、そんなことは……」

その時だ。

ふふっと、香音の心の中でだれかがわらった。

いや、わらったのは、香音だ。

パパのあわてる顔。

おもしろかった。

パパったら、大きく深呼吸《しんこきゅう》なんかしている。

世界的に有名な指揮者《しきしゃ》が、なんて間《ま》のぬけた顔をしてるんだと思う。

おかしい。

ザマアミロ。ふと、そんな言葉《ことば》がうかんでどきっとする。

パパはまだ、あせっている。

「あ、そうか。香音は今、ほかにしたいことがあるんだね。何かな。何に興味《きょうみ》があるんだい」

興味のあること？　そんなもの、何もなかった。ピアノしかなかった。

でも、それももう、だめなんだ。

「パパに教えてくれないかな。そう、音楽でなくてもいいんだよ。香音の好きなことを教えてほしいな」

いったいどこまで、わかってくれないんだろう。

言葉をさがすのもいやになった香音に、ふっと、あのポスターがうかんだ。

「囲碁《いご》」

ぽんっといってみた。

「ええっ。い、囲碁《いご》？」

香音は、思わずふきだしそうになった。

それくらい、パパの顔はおかしかった。

世界的な指揮者《しきしゃ》が、こんな顔をするなんて、だれも思わないだろう。

「いご……。あの、あれかい。白と黒の、あの、石を置いていく、あれかい」

「うん」

香音は、はっきりうなずいた。

「これから、囲碁を習おうと思ってるの」

「そうか…」

何いってるの、私。

心の中で、べつの私がおどろいている。

でも、楽しい。モヤモヤしていたことを、ぶっとばしたようないい気分だ。

ちょっと待って、それはだめ。

いいじゃない、ちょっとからかうくらい。

ふたつの私が、心の中で交差する。

ダメダメ、こんなのダメ。ダメだったらっ。

心の声が大きくなって、気がつくと、急にドキドキしはじめた自分がいた。いったい何いってるんだろう。

「あの、私、宿題があるから」

「あ、ああ……」

まだ、ぼんやり立っているパパを残して、香音はあわてて階段《かいだん》をかけ上がった。

上がりながら、まだ、ドキドキしている。

私、パパに何してるんだろ。パパをからかっておもしろがるなんて。

それは、それはダメだよ、香音。

店にもどって、パパにいわなくちゃ。

「パパ、ごめん。今の冗談《じょうだん》だからね。本気にしないでね」

体の向きをかえた時、足音がした。

「あら、香音ちゃん、どうしたの？」

ママだ。

「トイレに行っただけ」

香音は、そのまま階段をかけ上がってしまった。

明日、いおう。

パパ、あれ、冗談《じょうだん》だからね。まさか、本気にしてないよねって。

そういってわらったら、おしまいだもん。

心の中にひっかかったものを、見ないふりして、自分の部屋にとびこんだ。

明日、ちゃんというからね。


でも、つぎの日の朝、もう、パパはいなかった。

「朝の五時ぐらいかな。お迎《むか》えの人と車がきたの。みんなによろしくって、出かけちゃった」

パパのコーヒーカップをていねいに洗《あら》いながら、ママがいった。

「そんなに、早く？」

「今日からコンサートツアーでしょう。あちこちまわるのよ。始発の新幹線に乗るんですって」

「本当にせわしない子だよ、いつも」

おばあちゃんが、テーブルをごしごしふきながらいった。

どうしよう。

うそ、うそ、冗談だよ、あんなのって、パパにいえなかった。

こんど、パパに会うのはいつだろう。きっとまた、ずっと先のことだ。
たぶんパパだって、香音のいったことなんて、きっとわすれちゃうだろう。
でも、このままだなんて……。
心の中にひっかかっていたトゲトゲが、どろっと溶《と》けて、体中にへばりついた。

5 マイ・ラヴ・香音《かのん》！

「バイバーイ」

「また、明日ね」

桜小路《さくらこうじ》商店街《しょうてんがい》の入り口で彩美《あやみ》とわかれ、アーケードに入る。

いつもの商店街だ。昨日のさわぎは何だったんだろう。

香音はふーっと、ため息をついた。今日はなんだか、すごく長い一日だった。

「ねえねえねえ、香音のお父さんって、すっごいよねえ。私ばっちり見ちゃったよ」

予想どおり、朝から陽菜《あきな》がさわいでいた。

「『香音っ！』なんて、がばっとハグだもんね」

「へえっ、道の真ん中で？」

「すごいねえ」

「すごい」っていう言葉《ことば》は、便利《べんり》だと思う。

悪口の顔をしないで、悪口になれる。

「ありがと」

香音はにっこりわらっておく。

これも便利《べんり》だ。ケンカをしなくても、相手がだまる。

「ええっ、もう、帰っちゃったの。なんだ、サインもらいにいこうと思ってたのに」

「演奏会《えんそうかい》に、ご招待《しょうたい》されてるんじゃないの」

「香音は、いいなあ。あんなお父さんがいて」

何人にいわれたかわからない。

そのたびに、にっこりしておく。

はなれたところからこっちを見て、こそこそってしゃべっている子もいた。

それは気がつかないふりをして、通りすぎる。気にしない、気にしないって、心の中でつぶやいて。

「道のど真ん中で、抱《だ》きついてキスしたってホントか」

矢野《やの》ケンが大さわぎした時は、

「そんなわけないでしょっ」

彩美がさけび返してくれた。

気にしない、気にしない。何度も自分にいいきかせる。

にっこり、にっこり……。

心が、自分とはずれたところにぶらさがっているみたいな一日だった。

立花《たちばな》楽器店のドアを開けると、いつものように、奥《おく》からかすかにピアノの音がきこえていた。ママのピアノ教室だ。

「おかえり、香音」

おばあちゃんの顔を見ると、何だかほっとする。

「ただいま」

レッスン室の前のソファで、一年生か二年生くらいの女の子が、お母さんといっしょにいすにかけて、ピアノの楽譜《がくふ》を見ていた。

「つぎはジングルベルが弾《ひ》きたいな」

「そうね。先生におねがいしてみましょうか」

二階へ行こうとしたとき、おばあちゃんによびとめられた。

「あ、香音、隆行《たかゆき》からあずかったものがあるんだよ。香音にわたしてほしいって」

おばあちゃんが、大きめの封筒《ふうとう》を手にしていた。けっこう分厚《ぶあつ》い。

「パパが？　何？」

「さあ、何だろうね。隆行ね、夕べ、すごくおそくまでコンピューターの前にいたらしいんだよ。どうしても調べたいものがあるからって。寝《ね》てないんじゃないかって、美和《みわ》さんが心配してたぐらいだよ。それと関係あるのかね？」


自分の部屋に入って、封筒《ふうとう》を開けた。

バサっと出てきたコピーの束《たば》を見たとたん、香音は、体中が冷たくなるような気がした。

「うそ……」

目にとびこんできたのは、「囲碁入門《いごにゅうもん》」の文字だった。

おそるおそる、紙をめくる。

家から通えそうなところにある囲碁教室の案内。囲碁に必要な知識《ちしき》。経験者《けいけんしゃ》の話。いろいろな大会の情報《じょうほう》や、これまでの入賞者など……。

パパが調べてくれたプリントは、十枚以上あった。

まさか、こんなことになるなんて、考えてもみなかった。

パパは、香音の、あんな思いつきの言葉《ことば》を信じたんだ。

それで、夜中ずっとかかって、調べてくれたんだ。

どうしよう。

思わずウサ子と目が合う。

ウサ子も、おろおろと香音を見返す。

とにかく袋《ふくろ》にもどそうとしたとき、香音のひざに、ひらっと一枚の紙が落ちた。

他の紙より小さくて、半分に折ってある。

香音はそうっと手に取ると、大きく息を吸《す》ってから開いた。

パパの字だった。

「香音、お誕生日おめでとう。

これくらいしかしてあげることがなくて、ごめんね。だけど、パパはいつも香音を応援《おうえん》しているよ。マイ・ラヴ・香音　パパより」

パパ……。

つぎの瞬間《しゅんかん》、香音は机《つくえ》の引き出しを思いきり開けていた。そして、プリントも手紙もごそっと放りこむと、急いで閉めた。

ぐしゃっと、紙が折れたような手応《てごた》えがあったが、もう、開けられなかった。

どうしよう。

心臓《しんぞう》がどくどくいっていた。

こんなこと、おばあちゃんにいえない。ママにだっていえない。

おじいちゃん……。

香音は、そのまま部屋をとびだした。


でも、外階段《そとかいだん》に出たところで、香音の足は止まる。

冷たい風がザワッと、吹《ふ》いた。

おじいちゃんだって、どう思うだろう。

香音は、そのままずわりこんだ。

囲碁《いご》を習いたいなんて、どうして、あんなことをいっちゃったんだろう。

パパは、夕べずっと、香音のために、囲碁について調べていたんだ。大事なコンサートがあるのに、寝《ね》ないで調べてくれていたんだ。

「私って、サイテーだ」

鼻の奥《おく》がつうんとして、香音はくちびるをぎゅっとかみしめた。

となりのガレージの奥《おく》に、黄色くなった銀杏《いちょう》の木が見える。

風に吹《ふ》かれるたび、寒そうに枝をゆらし、黄色い葉っぱを落としている。

階段《かいだん》にすわりこんで、ぎゅっとひざをかかえこむ。

私って、本当にサイテーだ。


「あら、香音ちゃん、こんなところにいたの」

見上げると、ランドリーバスケットを持ったママが立っていた。

「ママ……」

「お日さまが早く沈《しず》むようになっちゃったわね」

ママは、いつものようにおっとりと話しながら、洗濯《せんたく》物を取りこんでいく。

ママの指って、洗濯バサミをはずしている時でもきれいだ、なんて、ふと思う。

「ママ」

「なあに？」

「パパから、何かきいた？」

「え？　さあ……」

「きいてないんだったら、べつにいい」

「そういえば」

ママは手をとめ、首をかしげる。

「ねえ、香音ちゃん」

そして、靴下《くつした》を片足《かたあし》残したまま、香音の横にすわる。

「香音ちゃんは、パパが指揮者《しきしゃ》だってことを、どう思う？」

「えっ」

思わずママの顔を見る。

「どう思うって、いわれても」

「パパが指揮者なのは、いや？」

あっと、夕べ、パパにいったことを思い出す。

「指揮者とピアニストの子は、ほかのことに興味《きょうみ》を持ったらいけないの？」

やっぱりパパ、気にしてたんだ。

「べつに、いやっていうわけじゃないけど……」

でも、うれしくはない。つづきは心の中でつぶやく。

でも、ママはあっさりうなずいた。

「そう、いやでないんだったらいいの」

そのまま立ち上がって、残った靴下に手をのばそうとする。

香音も立ち上がる。

「ママは、どうなの？　パパが有名な指揮者《しきしゃ》でうれしい？」

「それはうれしいわ。でもね……」

ママはちょっと言葉《ことば》をさがす。

そして、とつぜんいう。

「香音ちゃん、フォルテッシモとピアニッシモがあるでしょ」

「え？」

ママの話は、ときどきつづきがわからなくなる。

「フォルテッシモは、大きい音で、ピアニッシモは小さな音」

「うん、知ってる」

ピアノの楽譜《がくふ》にも出てくる。

「それって、人にもあるの」

「大声と小さな声？」

「ううん、そうじゃなくて」

ママは、ちょっと首をかしげる。

「指揮者はね、フォルテッシモのパパなの。たくさんの人の前で、すばらしい指揮をするパパ。でも、ピアニッシモのパパもいるのよ。だれも知らない、ママだけしか知らないパパ」

「え？」

「ママはね、フォルテッシモのパパも好きよ。たくさんの人に、すばらしい演奏《えんそう》を聴《き》かせるパパは、それだけ努力もしてるし、すてきだもの。だけど、ママのためだけにがんばってくれる、ピアニッシモのパパも好きなの。ううん、ピアニッシモのパパのほうが、もっと好きかもしれない」

ママはランドリーバスケットをかかえたまま、とってもうれしそうに、にっこりした。

「フォルテッシモのパパと、ピアニッシモのパパ？」

ママらしい、いい方だなと思う。

その時、香音の胸《むね》の中に、ふっとうかんだものがあった。

「囲碁入門《いごにゅうもん》」

香音のためだけに一生懸命《いっしょうけんめい》になってくれたパパ。あれもきっと、ピアニッシモのパパなのかも……。

「そう、ママのためだけにがんばってくれるパパ。すてきなんだなあ」

ママの歌うような声が、香音の胸《むね》にじんわり響《ひび》く。

「パパは、いつも香音を応援《おうえん》しているよ」

パパの声が重なってきこえるような気がする。

「私も、ピアニッシモのパパって、すてきだと思う」

「あら、香音ちゃん」

ランドリーバスケットを投げ出したママが、香音の肩《かた》をぎゅっと抱《だ》く。

「香音ちゃんも知ってるのね、ピアニッシモのパパを。よかったあ」

その時、ふんわりと甘《あま》い匂《にお》いがした。

「あ、ママ。いちごケーキ、焼いた？」

ふふふふふっと、ママがわらう。

「だって、今日は、香音ちゃんのお誕生日じゃないの」

「あ、そうだ」

わすれていた。

自分でもびっくりするけれど、本当にわすれていたのだ。

「昨日、プレゼントを買いに行くはずだったのに、ごめんなさいね。ママね、すっかりわすれちゃってたの。明日でいい？」

「うん、いいよ」

「よかった」

ママはもういちど、香音をぎゅっと抱《だ》きしめる。

「さあ、晩《ばん》ごはんの時間よ。そして、ママのいちごケーキが待ってるのよ」

踊《おど》るような足取りでママは、家の中にもどっていった。

足元に、靴下《くつした》がひとつ落ちていた。

これ、パパの靴下だ。

昨日は、これをはいて香音の目の前にいたのに、もういない。

今度いつ会えるのかも、わからない。

「すごくおそくまでコンピューターの前にいたらしいよ。どうしても調べたいものがあるからって。夕べ、寝《ね》てないんじゃないかね」

おばあちゃんの声がきこえる。

「香音、お誕生日おめでとう」

パパの声がきこえる。

「パパはいつも香音を応援《おうえん》してるよ」

空はもう、すっかり夕焼け色だ。

パパ、今どこにいるんだろう。

ふいに、パパに会いたいって思った。

私、フォルテッシモのパパはあんまり好きじゃないけど、ピアニッシモのパパは大好きだよ。

昨日いえなかった言葉《ことば》を、空に向かってつぶやいてみる。

「パパ、ごめんなさい」

夕焼け雲にうかんだパパが、にっこりわらった。

「マイ・ラヴ・香音」

6 「おぼろ月夜」と「トロイメライ」

「ねえねえ香音《かのん》、奏《そう》くん、全国大会に出るんだって。すっごいっ」

いつもながら、陽菜《あきな》の情報網《じょうほうもう》はすごい。

いったいどこから、きいてくるんだろう。

「大杉《おおすぎ》中学校から、県代表の選抜《せんばつ》メンバーが出るなんて、はじめてのことらしいよ」

「へえ、そうなの」

「そうなのじゃないわよ。中学校では、奏君のファンクラブができたんだって。家のとなりの結《ゆい》ちゃんなんか、これから徹夜《てつや》で千羽鶴《せんばづる》を折るっていってたよ」

「ほんと、すごいよねえ。まだ、二年生なのにさ」

彩美《あやみ》も感心する。

「そりゃあ、この前の試合を見たら、だれだって、奏さんをメンバーにいれなくちゃって思うぜ」

矢野《やの》ケンが、めずらしく真面目《まじめ》な顔でよってきた。

「奏さんがシュートばっちり決めたとこ、見たか？　ほら、あの二点目の」

「見た見た。あれ、めっちゃかっこよかった」

「カッコイイなんてもんじゃなかったぜ。神《かみ》だよ、あのシュートはっ」

陽菜と矢野ケンが、いっしょに盛《も》りあがるっていうのもめずらしい。

「いよいよ明日は決勝戦よねっ」

「応援《おうえん》、行くぞっ」

「結ちゃんがね、おそろいの帽子《ぼうし》と旗《はた》を作ってるの。矢野ケンの分もたのんであげようか」

「おお、たのむ」

「まかしといてっ」

陽菜がこぶしをにぎりしめる。

「香音の分も用意するからねっ」

「えっ、私も？」

「もちろん。何人分いる？」

「ううん。私だけでいい」

あわてて首をふる。

ママやおばあちゃんにまで帽子《ぼうし》をかぶせたら、あとで奏に、何ていわれるかわからない。

彩美がくすっとわらった。

「がんばれ。郷《ごう》に入《い》っては郷に従《したが》えって、うちのじいちゃんがいってたよ」

家に帰ると、ここにも盛《も》りあがっている人がいた。

「本当にすごいじゃないか。もうブログに書きまくったよ」

毛皮のコートを羽織《はお》った珠子《たまこ》さんだ。

「まあ、ありがとうございます」

おばあちゃんもほっぺたがゆるんでいる。

「それでね、横断幕《おうだんまく》を作ろうって思ってるんだよ」

「横断幕、ですか」

「そう、大漁旗《たいりょうばた》みたいに、どーんと目立つやつ」

「ほう……」

「それでね、試合の時、みんなで思いっきりふるんだよっ。『フレーッ、フレーッ、た・ち・ば・な』ってさ」

これは、すごそうだ。派手《はで》な応援《おうえん》を覚悟《かくご》するよう、奏に伝えておいた方がいいかもしれない。

香音は階段《かいだん》を上がりながら思う。


部屋に入ると、まずピカピカのデコ・プリンターに目が行く。

あのつぎの日に、ママと駅前の電気屋さんへ行って買ってもらった。

説明書を見ると、書きこみをしたり、写真の一部を切り取ったりした、すごくかわいい見本がたくさん載《の》っている。

「どんなのをつくろうかなあ」

その時は、いろいろ考えたのに、まだ、一枚も作っていない。

あんなに楽しみにしていたのに、どうしてだろう。

心のすみっこがどんよりしていて、なんだか、やる気がおこらない。

デコ・プリンターのとなりにすわっているウサ子が、心配そうに香音を見ている。

香音の心の中でもやもやしているものを、ウサ子は知っている。

ピアノをやめちゃって、本当にいいんだろうか。

コンクールに出られないんだから、もういいじゃないか、って思おうとしても、いいの？　本当にいいの？　って、だれかにきかれているような気がする。

「どうしてこんな気持ちになるんだと思う？」

むぎゅっと抱《だ》っこすると、ウサ子もいっしょに首をかしげる。


「晩《ばん》ごはんにするから、おじいちゃんをよんできておくれ」

キッチンに行くと、シチューのいい匂《にお》いがした。

「ママは？」

「山田さんのレッスンなんだけど、まだ、終わってないみたいだね」

おばあちゃんが、ちらっと時計に目をやる。

「美和《みわ》さんもあんまり体調がよくないんだから、早めに切り上げたらいいんだけど。そういうことは、できない人だからね」
二、三日前から、ママは調子がよくないみたいだ。
「風邪《かぜ》、ひいちゃったのかなあ。熱っぽいの」

食欲《しょくよく》もないし、ときどきつらそうに、おなかをおさえている。

でも、昨日はミニライブだったし、今もレッスンがつづいている。

「大丈夫《だいじょうぶ》。ピアノの前にすわると、けろっと治《なお》っちゃうの」

今朝もにこにこしていってたから、そんなにひどいわけでもなさそうだけれど。

「もうそろそろ終わってるかもしれないから、ついでにレッスン室も見てきてくれるかい」

階段《かいだん》をおりると、レッスン室には、まだ灯《あか》りが点《つ》いていた。

そっとドアに耳を当てる。

防音ドアから、かすかにピアノの音が流れていた。

「おぼろ月夜」だ。

ひとつひとつの音をたしかめるように、とつとつとメロディが流れる。

香音はじっと、ききいってしまった。

「だんなさんの好きな曲なんだって」

珠子さんがいってたっけ。

山田のおばさんの音は、心がほっとするような、とってもやさしくて暖《あたた》かい音だった。コンクールに出られるようなピアノじゃないけど、でも、じっと聴《き》いていたくなる。

香音はしばらく、ドアの前で耳をすませていた。

工房《こうぼう》へ行くと、おじいちゃんはあとかたづけをしているところだった。

ヤスリも金具を巻く道具も、ひとつひとつ、ていねいに引き出しに入れていく。

引き出しがギギっと開いて、ことんと閉まる。

「おじいちゃん、今ね、山田のおばさんが『おぼろ月夜』を弾《ひ》いてたの。上手《じょうず》じゃないけど、ほっとする音色で、いい感じだった」

「ほう、そうかい。山田さん、がんばってるらしいね」

「だんなさんが、『おぼろ月夜』好きなんだって」

「そうか。だんなさんに、聴《き》かせたいのか。そりゃあ、いい『おぼろ月夜』が弾けるだろうな」

だんなさんのためだけに弾く「おぼろ月夜」。

香音は、ふとママの話を思い出した。

「ねえ、おじいちゃん」

「なんだい」

作業台のからぶきをしているおじいちゃんが、顔を上げる。

「このまえ、ママが、フォルテッシモとピアニッシモの話をしてたの」

「ああ、あの話かい」

「おじいちゃんも知ってるの？」

「あれは、ずいぶんまえのことだな」

おじいちゃんの手が、ちょっと止まる。

「隆行《たかゆき》がいってたんだ」

「パパが？」

「フォルテッシモは、たしかに目立つが、そればかりで音楽はできない。心に響《ひび》くピアニッシモっていうものがある、ってな」

「ふうん」

おじいちゃんの目がやさしく香音を見る。

「隆行がいいたかったのは、人間だって同じだってことなんだよ」

「人間も？」

「指揮者《しきしゃ》っていうのは、いつも人の前に出ていて目立つ華《はな》やかな仕事だ。もちろん、みんなに注目される場で、がんばるっていうのも大事なことだ。だが、自分は、そんなフォルテッシモだけの人間にはなりたくない。だれか一人だけのためにでも、がんばれる人間でありたいって、そんな話をしていたんだ」

風の音がする。

窓《まど》ガラスがコトンと鳴った。

「あのね、ママはね、フォルテッシモのパパも好きだけど、ピアニッシモのパパはもっと好きなんだって」

「ほう、それは、よかった」

おじいちゃんがにっこりわらう。

「よかった？」

「美和さんには、ちゃんと隆行のピアニッシモが響《ひび》いたっていうことだろう。心に響くピアニッシモは、なかなかむずかしいものだからな」

「むずかしいの？」

「そりゃあ、そうさ。だれだって、みんなに認《みと》められるようなことはがんばるが、たった一人のためにがんばるのは、むずかしいものさ。しかし……」

おじいちゃんは、ふと、何かに耳をすますような顔をした。

「ささやかなことでもいいから、ピアニッシモの響く人でありたいがね」

ピアニッシモの響く人か。

暖《あたた》かな工房《こうぼう》の灯《あか》りの中で、あの「おぼろ月夜」がきこえたような気がした。

その夜。

香音が水を飲みにキッチンにおりていくと、リビングの灯《あか》りがついていた。

それに何か、メロディがきこえる。

香音は少しだけ、ドアを開けてみた。

「あ、ママ……。何してるの」

ソファーに横になっていたママが、ちょっと顔を上げた。

「あら、香音ちゃん」

ママが聴《き》いていたのは、オルゴールだった。

静かな部屋に、静かに響《ひび》いている。

ママは、晩《ばん》ごはんもあまり食べなかった。もう、とっくに寝《ね》たと思っていたのに。

「すてきな音でしょう」

ママがつぶやくようにいった。

ゆったりしたやさしいメロディだ。

「この曲、聴いたことがある」

香音が横にすわると、ママはにっこりした。

「シューマンのトロイメライ。これね、パパがピアノで弾《ひ》いてくれた曲なの」

「パパが？　パパって、ピアノ弾《ひ》けるの？」

「ちょっぴりね。でも、この曲だけは、とくに練習したらしいの」

くすくすっとママはわらう。

「でも、香音は聴《き》いたことないよ」

「たぶん、ママしか聴いたことないかな」

「へえぇ、いいな」

香音もオルゴールの音に耳をすます。

「でも、聴かせてもらったのは、一回だけよ」

「一回だけ？　いつ？」

ママの目がくるっと動く。

「ママたちがね、フランスに留学していたとき。パパがこの曲を弾いて、そのあとでママにいったの」

「何、何ていったの？」

「この曲を一生懸命《いっしょうけんめい》練習しました。そして、あなたにささげます。だから……」

ママがいたずらっぽくわらう。

「だから？」

「ぼくと結婚《けっこん》してくださいって」

「ええーっ」

のけぞってしまう。

くくくっと、ママはソファーに横たわったままわらった。

「しばらくして、このオルゴールをね、プレゼントしてくれたの。中に指輪がはいっていた」

「すてき！　ママ、パパってすてきだね。かっこいいだけじゃなくて」

「ね、そうでしょ」

あっ、と香音は気がついた。

「ねえ、ママ。それって、もしかしたら、ピアニッシモのパパ？」

ママの頬《ほお》に、ぽこんとえくぼがうかんだ。

「うん、そう。一番大切なピアニッシモ」

「そうかー」

「フォルテッシモのパパも好きだけど、ピアニッシモのパパは、もっと好き」

それって、パパがママのためにトロイメライをがんばって練習して、そしてママだけに聴《き》かせた、ピアニッシモのパパなんだ。

「でも」

と、香音は思う。

「ママ、この曲弾《ひ》いたことないよね？」

コンサートでも聴《き》いたことがないような気がする。

ママはゆっくり首をふる。

「ママは、弾かないの」

「どうして？」

「だって、ママが弾いたら、パパより上手《じょうず》に弾けちゃうじゃない」

「あ、そうか」

「だから、この曲は弾かないの。聴くだけの曲って決めてるの」

すっと、静かになった。オルゴールの音が消えたのだ。

「だから、トロイメライが聴きたくなると、このオルゴールをかけるの」

ママは、ゆっくり起き上がると、両手でオルゴールをそっと持った。

ママのきれいな指が、ゆっくりオルゴールのふたをなでる。

「隆行さんに、…会いたいな」

「ママ」

パパは、もう日本にいない。

急にさびしくなったような気がした。

「ママ、もう寝《ね》た方がいいよ。寒いからまた熱が出るよ」

ママは素直《すなお》にこっくりした。

「そうね。もう寝るわ」

オルゴールをテーブルにおいて立ち上がりかけたときだ。

うっとおなかを押《お》さえた。

「ママ、大丈夫《だいじょうぶ》?」

「香音ちゃんのいうとおり、寒いから冷えたんだと思うわ。温かくして寝るわね」

ちょっと前かがみになったまま、ママが電気を消した。

「お休みなさい」

薄明《うすあ》かりの中で、肩掛《かたか》けがふらふらゆれていた。

7 ママのいちごケーキ

つぎの日は、すっごくいい天気だった。

そして、奏《そう》の試合も最高だった。

試合は一対一のまま、後半もすぎていった。

あと数分でロスタイム。というその時、奏のシュートが、ゴールネットに突《つ》き刺《さ》さったのだ。

「やったーっ」

「やったぞーっ」

「おにいちゃーん」

スタンド中にわき上がる歓声《かんせい》の中で、香音《かのん》も夢中《むちゅう》で声をはりあげていた。

香音のまわりで、おそろいの帽子《ぼうし》と旗《はた》が跳《と》びあがってさけんでいる。

いつのまにか、旗を二本もにぎりしめていたおばあちゃんも、立ち上がってさけんで、そのまま知らないおじさんと握手《あくしゅ》したりしている。

旗《はた》を、くしゃくしゃになるまでふりつづけて、香音は思った。

おにいちゃんって、やっぱりすごいっ。


帰り道も心の中がふわふわして、スキップしたくなる。

きっとおばあちゃんもそうなんだ。歩きながら、鼻歌なんかを歌っている。

「ねえ、おばあちゃん。何か買って帰ろうよ。ケーキとか」

「そうだね。でも、ケーキはいいよ。美和《みわ》さんがきっと、いちごケーキを焼いているから」

ママはやっぱり、調子がよくないらしい。

「奏の試合に行けなくて残念だけど、今日はおとなしく、おじいちゃんとお留守番《るすばん》しているわ。でも、いちごケーキを焼いておくから、ママの分もしっかり応援《おうえん》してきてね」

香音たちを送り出した後、すぐにケーキを焼き始めていると思う。

「そうだね。じゃあ、たい焼き買おうよ」

「ええ？　どうしてたい焼きなんだい」

「だって、おめでたいっていうじゃない」

「まあ、あきれたね。ダジャレかい」

そういいながら、おばあちゃんはもう、さいふを取り出していた。

ほかほかのたい焼きをかかえて、桜小路商店街《さくらこうじしょうてんがい》に入った時だ。香音はあれっと立ち止まった。

「おばあちゃん、救急車がとまってる。あれ、うちの近くじゃない？」

「えっ、なんだろうね。まさか……」

その時だ。

通りの向こうから、大沢《おおさわ》酒店のおじさんが、ころびそうな勢いで走ってきた。

「立花《たちばな》さん、たいへんだよ、たいへん。若奥《わかおく》さんが、たいへんだよ」

おじさんの言葉《ことば》を最後まできかずに、香音は走り出していた。

夢中《むちゅう》で走ってきた香音を、救急車の横で、おじいちゃんがよぶ。

「よかった。まにあったわい」

「おじいちゃん、どうしたの、ママは？」

おじいちゃんの視線《しせん》が救急車にとぶ。

開いているドアから、ママが見えた。寝台《しんだい》にかけられた毛布が大きく上下に動いては、「ううっ」といううめき声がもれている。

「ママ……」

後ろから、おばあちゃんの、はげしい息づかいがきこえてきた。

「ハア、ハア、美和さんが、どうしたって……」

「キッチンでたおれていたんだ」

「ママ、ママっ」

香音の声に気がついたのか、ママが大きな息をしながら、こちらに顔を向けた。

「ママ…、大丈夫《だいじょうぶ》？」

その時、どこかと連絡《れんらく》をとっていた隊員《たいいん》の人がふり返った。

「大杉《おおすぎ》総合病院に運ぶことになりました。出発します」

付《つ》き添《そ》いのおばあちゃんも乗せて、救急車はサイレンを鳴らすと、あっというまに見えなくなった。

「香音ちゃん、大丈夫だよ。お母さん、すぐによくなるって」

大沢のおじさんが、香音の肩《かた》をトントンとたたいてくれた。

「どうも、おさわがせしちまって」

おじいちゃんが、まわりの人たちにおじぎをしている。

「何いってるんだい。あとのことは何でもしておくから、立花さんも早く病院に行っておあげよ」

オムレツ屋の静江《しずえ》おばあちゃんが、早口でしゃべっている。

「そうしたいところだが、奏と連絡《れんらく》がとれてないんで。もうすぐ帰ってくるとは、思うが」

「わかった、わかった。奏君には、わたしらで何とか連絡しておくよ」

商店街の人たちがみんな、それぞれ心配そうに声をかけてくれる。

「おれが、店、見ておこうか」

「いや、もう臨時《りんじ》休業でいいんじゃないか」

「とにかく、早く行ったほうがいいよ」

その時、山田米穀店《べいこくてん》のおじさんが走ってきた。手にキーを持っている。

「おーい、病院までうちの車でおくるぞ」

「すまないなあ」

「もし、必要なものがあったら連絡しておいとくれ。あとからとどけるから」

みんながバタバタ動く中で、香音はただ、ぼーっと立っていた。

なんだか、テレビドラマを見ているようだった。

これ、本当に起こっていることなんだろうか。

「さ、香音、行くぞ」

「う、うん」

あわてて、おじいちゃんについて行く香音を、大沢のおじさんがよびとめた。

「それ、あずかっておこうか」

香音の腕《うで》の中で、半分つぶれたたい焼きは、まだほのかに温かかった。


バタバタバタっと、病院の廊下《ろうか》を走ってくる足音がきこえてきた。

「母さんが、どうしたんだって？　まさか…」

息をきらして走ってきた奏が、『手術中』のランプを見上げて、言葉《ことば》をとめた。

「静かに！　心配せんでもいい。そんなにむずかしい手術じゃないそうだ」

おじいちゃんがゆっくり答える。

「だって、救急車で運ばれたんだろ」

「盲腸《もうちょう》が炎症《えんしょう》をおこしていたんだって」

おばあちゃんがため息をつきながらいう。

「盲腸《もうちょう》？」

「それを、食べすぎかしらなんていって放っておいたから、こじらしたみたいなんだよ。早く医者に行かせたらよかったよ」

「まあ、盲腸は、手術といってもこわいもんじゃない。心配するな」

「そうか……」

奏はどっかりと、いすにすわりこんだ。

「それならよかったけどさ。ほんとに、びっくりしたぜ」

でも、本当に、そんなにかんたんなものなんだろうか。香音はそっと、おじいちゃんの顔を見た。

ジュースを買ってもどってきた時、ついたての向こうで、おじいちゃんがお医者さんと話していた。

「腹膜炎《ふくまくえん》を起こしかけています。これ以上放っておいたら手おくれになって、危険《きけん》な状態でした」

たしかに、そんな声がきこえたのだ。

手おくれって、すごくこわいことなんじゃないだろうか。

でも、香音は何もいえなかった。おじいちゃんもおばあちゃんも、心配ないっていうんだから、そう信じるよりない。

ゆうべ、オルゴールを聴《き》いていたときも、ママはおなかを押《お》さえていた。きっと痛《いた》いのをがまんしてたんだ。

「ねえ、おばあちゃん」

「なんだい」

「パパには知らせたの？」

「えっ」

おばあちゃんが、どきっとしたようにおじいちゃんを見た。

「まだ知らせていない」

おじいちゃんが、やさしい目で香音を見た。

「知らせても、帰ってくるわけにいかないし、心配させるだけだろう。もうちょっとはっきりしてから、知らせようと思ってな」

「しかたねえよな」

奏がぼそっという。

薄暗《うすぐら》い廊下《ろうか》に、赤いランプだけ光っている。

今、何時だろう。

すごく時間がたっているようにも思うし、全然すぎていないようにも思う。

おじいちゃんは腕時計《うでどけい》をしているからきけばいいのだが、何となくききにくい。

かんたんな手術だったら、すぐに終わるはずじゃないだろうか。

「奏、おなかすいてるだろ。おにぎり食べるかい」

おばあちゃんが、コンビニの袋《ふくろ》を開ける音がした。

「ううん、いらない。さっき、車の中で珠子《たまこ》さんにもらって食った」

「珠子さんに？」

「ああ、ここまで珠子さんに送ってもらったんだ」

「そうだったのかい」

「帰ってきたら、商店街の入り口に、珠子さんと大沢のおじさんが立ってたんだ。

ずっとおれを待っててくれたみたいだ」

「みんな、心配してくれて……」

おばあちゃんがクシュンと鼻をすすった。

「ありがたいことだ」

おじいちゃんが、ゆっくりつぶやいた。

「あっ」

奏が立ち上がった。

手術中のランプが消えた。

あわてて香音も立ち上がる。

ドアが開き、お医者さんと、酸素《さんそ》マスクをして眠《ねむ》っているママが出てきた。

「無事《ぶじ》、終わりました」

お医者さんがマスクをはずしながらいった。

ベッドの上のママの腕《うで》は、点滴《てんてき》のチューブがつながれている。

「ママ」

ママは、ぎゅっと閉じた目を開けなかった。

「ママ」

もういちど小さい声でよんだら、看護師《かんごし》さんが小さい声で答えてくれた。

「ママは大丈夫《だいじょうぶ》よ」

ママを病室に見とどけたあと、おばあちゃんだけ病院にのこして、香音たちは帰ってきた。

「ちょっと大沢さんにあいさつしてくるから、おまえたちは先に帰ってなさい」

商店街の入り口でタクシーをおりると、おじいちゃんは、奏にカギをわたしてそういった。

もう九時すぎだ。商店街の店はほとんど閉まっていて、街灯《がいとう》の明かりだけが、ぽつんぽつんと道を照らしている。

手術室から移った病室に、香音たちは入れなかった。

窓越《まどご》しにそっとのぞくと、ママは複雑《ふくざつ》な機械に囲まれて眠《ねむ》っていた。

ぴっ、ぴっ、ぴっ、ぴっ、ぴっと規則《きそく》正しい機械の音と、かすかに、シューっという音もきこえる。

ママが、ずっと遠い所に行ってしまったような気がした。

「目がさめたら電話するから、またおいで」

おばあちゃんはそういった。

「でも、ひょっとして、このまま目がさめなかったらどうするの」っていう言葉《ことば》を、香音はぐっと飲みこんで、うなずいた。

「かんたんな手術っていうけどさ」

歩きながら、奏が独り言《ひとりごと》のように話しはじめる。

「麻酔《ますい》かけて、腹《はら》切るんだからさ、かんたんなわけねえよな」

「うん」

「たしか、サッカー仲間のコウが、五年か六年の時に盲腸《もうちょう》になったんだ。だけどさ、あいつは薬で治《なお》っちまったんだよな」

「ふうん」

「母さんは、薬だけじゃだめだったっていうことだろう。それほどひどかったってことじゃねえか」

「うん、そうだね」

少し先にある、オムレツ屋の灯《あか》りが消えた。

ひゅーっと風が吹《ふ》く。

「ママね、盲腸だけど、腹膜炎《ふくまくえん》っていうのに、なりかかってたらしい」

「えっ」

奏の足が止まる。

「だれにきいたんだ？」

「お医者さんがおじいちゃんにいってたの。きこえちゃったんだ。手おくれになったら危険《きけん》だったたって。でも、心配ないよね、手術うまくいったんだから。……腹膜《ふくまく》炎《えん》って、こわい病気？」

奏は、一瞬《いっしゅん》、言葉《ことば》を飲みこんだ。

「いや、知らない……」

急に、奏の足が速くなる。おこったような顔をして、もう何もいわなかった。

香音もだまって歩いた。

二人の足元を風が吹《ふ》きぬける。どこかで枯《か》れ葉《は》がカサカサと鳴った。


表のカギを開ける。ガラガラッとシャッターを上げる音が、やたらに大きく響《ひび》く。

真っ暗な店は、ぞくっとするほど寒かった。

パチンと、奏が小さな室内灯《しつないとう》を点《つ》ける。

うっすら明るくなっても、店の中はシーンとしている。

二人は早足で階段《かいだん》を上がり、キッチンのドアを開けた。

「あ」

電灯を点けた奏が、小さく息を飲んだ。

「何？」

香音の足も止まった。

いちごケーキだった。

ママのいちごケーキが、テーブルの上に、ちょこんと置かれていたのだ。

「ママ、いちごケーキ、焼いたんだ」

奏が、下げていたスポーツバッグを、ドサッと床《ゆか》に投げた。

そのまま、じっと、いちごケーキをにらんでいる。

「お兄ちゃん」

「こんなもの……」

「え？」

香音がきき返したとたん、いきなり奏がどなった。

「こんなもの、作ってるひまがあったら、さっさと医者に行きゃあいいんだよっ」

「だって…お兄ちゃんの試合だったから」

「おれの試合なんか、どうだっていいんだよ。そんなことより自分の体のことくらい、自分でなんとかするもんだろっ。まったく、いつもそうなんだから、母さんはっ。いいかげんにしてほしいよっ」

奏の手がいちごケーキに伸《の》びる。

「お兄ちゃん……」

香音は一瞬《いっしゅん》、奏がケーキを床《ゆか》にたたきつけるかと思った。

でも、奏はケーキの端《はじ》を手でむしり取るようにつかむと、そのままぐしゃっと、口に押《お》しこんだ。

「お兄ちゃん……」

また、ひとつかみ、もうひとつかみ。奏は素手《すで》でケーキをつかんでは、ほおばる。

「お兄ちゃん、やめてよっ」

押さえようとした奏の腕《うで》に、香音はあっという間にはじき返された。

ケーキが、ぐちゃぐちゃにくずれていく。

「くそっ」

奏は食べつづける。

「お兄ちゃん、やめてってばっ」

こんな奏を見るのははじめてだった。

ママのケーキが、せっかくのケーキが、つぶれちゃう……。

「うまいだろう。美和さんのいちごケーキは」

とつぜん、後ろで声がした。

いつのまにか、おじいちゃんが見ていたのだ。

「おじいちゃんっ」

香音はおじいちゃんにしがみついた。おじいちゃんの大きな手が、がっしりと香音の肩《かた》をつつむ。

「美和さんなあ、そのケーキの前でたおれていた」

奏の動きがピタッと止まった。

「作り終わって、ほっとしたんだろうな」

ママ、きっとおなかが痛《いた》いのにがまんして、がまんして、このケーキを作ったんだ。お兄ちゃんに食べさせようって、がんばって。

香音は泣《な》きそうになる。

「おじいちゃん……」

おじいちゃんが香音の背中《せなか》を、トントンしてくれる。

「奏、思いきり食え。美和さんがおまえのために作ったいちごケーキだ」

ママが、奏のために作ったいちごケーキ。

奏のために、がんばって作ったいちごケーキ。
あっ、と思った。
このいちごケーキは、ママのピアニッシモ。
そうだ。心に響《ひび》くピアニッシモ。
奏のためにがんばった、ママのピアニッシモなんだ。

ふりむくと、奏がさっきよりもっとすごい勢いで、ケーキにかじりついていた。
手も口も生クリームがついて、べたべたになっている。
それも気にせず、奏は、いちごケーキを食べつづけていた。
その目から、涙《なみだ》がぽろぽろこぼれ落ちるのを、香音はただ、見ていた。

8 響《ひび》け！ ピアニッシモ

「ついでに生ゴミ、すててくるよ」

ゴミ袋《ぶくろ》を持った奏《そう》が出ていった。

キッチンには、まだ温かいラーメンの香りが残っている。

香音《かのん》は、スポンジに洗剤《せんざい》をふくませると、どんぶりをキュッ、キュッと洗《あら》う。


手術から三日後に、ママは普通《ふつう》の病室にかわった。

香音は一日おきには、ママの顔を見に行っている。

まだしばらくは退院できないらしいが、もうおしゃべりもできるし、そろそろと、歩く練習も始めている。

おばあちゃんは、毎日病院に行っている。お店番もあるし、家事もあってたいへんだから、できるだけお手伝いをしている。

香音だけじゃない。

奏も、けっこうがんばっている。

びっくりしたのは、奏の作る味噌《みそ》ラーメンだ。インスタントのラーメンなのに、キャベツがどっさり入っていて、おいしい。

「おまえ、どこでおぼえたんだ？」

おじいちゃんが目を丸くした。

「へへへへ」

鍋《なべ》を持つ姿《すがた》も、けっこう似合っている。

「サッカーの合宿でさ、夜に腹《はら》へったって、先輩《せんぱい》が作るんだよな。それで作り方教えてもらったんだけど、おれの作る味噌ラーメンはうまいって、評判《ひょうばん》なんだぜ」

「ああ、たしかにうまい」

「うん、おいしいよ」

香音もキャベツをかじりながらうなずく。

なにしろ、手で、適当《てきとう》にちぎったキャベツだから、やたらに大きいのも入っている。でも、味噌にキャベツの甘《あま》みがマッチして、お店で食べるぐらいおいしいのだ。

あの味噌ラーメンは、ピアニッシモの奏かもしれないと、どんぶりを洗《あら》いながら思う。

サッカーの試合で大活躍するのは、フォルテッシモの奏。

みんなにすごいっていわれて、めちゃめちゃカッコイイ、奏。

そして、早起きして、おばあちゃんにかわって、おじいちゃんと香音のために味《み》噌《そ》ラーメンを作ってくれるのは、ピアニッシモの奏だ。


部屋にもどり、机《つくえ》の上の楽譜《がくふ》を手にとった。

シューマンの「子どもの情景《じょうけい》」。

香音がこの楽譜を見つけたのは、三日前だ。

リビングの新聞をかたづけようとした時、オルゴールの横においてあったのだ。

なにげなく楽譜をめくったら、「トロイメライ」が載《の》っていた。

あの夜、一人で、オルゴールを聴《き》いていたママ。

「隆行《たかゆき》さんに会いたいな」

ママがぽつんといった言葉《ことば》が、きこえたような気がした。

そのとたん、弾《ひ》きたいって思った。

この曲を弾いて、ママに聴かせてあげたい。

でも、この楽譜は、いまの香音が一人で弾くには、むずかしすぎた。

香音は楽譜をもったまま、立ち上がって、またすわった。
ピアノの先生は、佐藤先生しか知らない。
でも佐藤先生に、もういちどピアノを教えてくださいなんて、たのめるだろうか。
できそうにない気がした。
佐藤先生は、何ていうだろう。
考えるだけで、どきどきしてくる。
楽譜《がくふ》の向こうに、ママと佐藤先生の顔が、かわるがわるうかんだ。
「やっぱり、むりだ」
それなのに、香音はこの楽譜を、自分の部屋に持って帰ったのだった。

シューマン「子どもの情景《じょうけい》」
青い表紙には、アルファベットで「SCHUMANN」とタイトル名がある。
文字を指でなぞってみる。
ママに聴《き》かせてあげたい。
発表会でもコンクールでもない。
ドレスを着て、みんなに拍手《はくしゅ》してもらうわけじゃない。

ただ、ママに聴《き》かせてあげたい。
それだけのために、がんばる。
もしかして、ううん、きっとこれって、ピアニッシモだ。
香音はぱっと顔を上げた。
「私のピアニッシモ」
おじいちゃんがいっていた。
たった一人の人のためにがんばるんだから、ピアニッシモはむずかしいって。
でも、ピアニッシモが響《ひび》く人でありたいって。
「ねえ、ウサ子、これ、私のピアニッシモかもしれないよね」
ウサ子がこくんとうなずいた。
香音のピアニッシモ。
私もなりたい。
ピアニッシモが響く人に。
香音はレッスン用の手提《てさ》げをつかむと、楽譜《がくふ》を入れて、部屋をとびだした。
大通りをまっすぐ行って、曲がる。急ぎ足で歩く。

決めたことだけど、自分でも不安だった。

やっぱりやめようって、思ってしまいそうな自分も、心のすみにいる。

でも、そんな自分が顔をのぞかせるたび、スピードをあげて歩いた。


「佐藤音楽教室」

見なれた看板《かんばん》の前に香音は立っていた。

もう、ずいぶん長いこと、きていないような気がした。

香音は大きく息をすると、思いきってドアを開けた。

「あら、香音ちゃん」

受付のお姉さんが、びっくりして香音を見た。

「こんにちは。あの、先生は今レッスン中ですか？」

「ううん、いらっしゃるわよ。ちょっと待ってね」

お姉さんが控室《ひかえしつ》に入っていく。

香音は、手提《てさ》げの中に入っている楽譜《がくふ》をたしかめた。そして、ぎゅっと抱《だ》きかかえた。

シューマンの「子どもの情景《じょうけい》」。この中に「トロイメライ」が載《の》っている。

バタンとドアが開いた。

「まあ、香音ちゃん」

佐藤先生は小走りで、まっすぐ香音の前に立った。

「お母さんが入院されたんですって。ごようすはどうなの？」

「あ、あの。おなかを手術したけど、もう大丈夫《だいじょうぶ》です」

「まあ、おなかを手術。たいへんだったわねえ」

ふーっと、佐藤先生はため息をつく。

「はい。でも今月中には、退院できるらしいです」

香音の心臓《しんぞう》が、どくんどくんと脈打《みゃくう》つ。

手提《てさ》げをぎゅっと抱《だ》きしめる香音に、佐藤先生の声がふんわり響《ひび》く。

「そう。それはよかったわ」

でもつぎの瞬間《しゅんかん》、佐藤先生の目が、まっすぐ香音の目をとらえる。

「それで、今日は？」

心臓から、頭の先まで固まったような気がした。

言葉《ことば》が出ない。

のどがはりついている。

いきなり香音は、がばっと頭を下げた。

「ごめんなさいっ」

やっと、言葉《ことば》をしぼりだす。

「ピアノやめるっていって、ごめんなさい」

これ以上いえない。

もう、私、泣《な》いてしまう。

そう思った時、先生の手が、ゆっくり香音の肩《かた》に置かれた。

「……それで？　どうするの」

「え？」

顔を上げると、佐藤先生は、おこってなんかいなかった。ただ、真剣《しんけん》な大人の顔で、香音を見ていた。

「今はどうなの？　やっぱりやめるの？　それとも、弾《ひ》きたいの？」

「弾きたいです」

考えるより先に、すっと言葉がでた。

先生の目が、ふっとゆるんだ。

「そう。じゃあ、ひとつだけききます。香音ちゃんは、どうしてピアノが弾きたいの？」

香音はあわてて、楽譜《がくふ》を取りだした。

「これが、弾《ひ》きたいんです。『トロイメライ』」

「え、『トロイメライ』」

先生が不思議《ふしぎ》そうな顔をする。

「どうして？」

「ママに聴《き》かせたいんです。ママが聴きたがってる曲なんです」

「お母さんが？」

どう説明したらいいんだろう。

私のピアニッシモだから、なんていっても、わかってもらえないだろう。

どうしよう。なんていったらいいんだろう……。

でも、香音が言葉《ことば》をさがしだすより、先生のほうが早かった。

「わかりました」

思わず、先生の顔を見る。

先生は、大きくうなずいた。

「では、レッスンしましょう」

そして、ちらっと時計を見る。

「つぎの人のレッスンまでに、あと十五分あるわね。さ、やるわよ」

歯切れよくいうと、たたっと、レッスン室に向かう。

それは、いつも見てきた、すっと伸《の》びた佐藤先生の背中《せなか》だった。

香音は、あわててその背中を追いかけた。


一週間たった。

このところカラッと晴れた日がつづいている。

トロイメライも、少しは形になってきていた。

学校から帰るなり、自分のピアノ部屋にこもってしまう香音に、おばあちゃんもおじいちゃんも何にもいわない。

でも、昨日、香音が練習しているところに、奏がふらっと入ってきた。

「えらく熱心じゃねえか」

「うん」

「やる気になったわけだ」

「うん」

右手と左手の和音が、なかなかそろわない。

もうちょっと指が長かったらいいのに。

何回もくり返して練習しているところを、ずっと見ていた奏が、ぼそっといった。

「佐藤先生から、電話があったらしいぞ」

「え」

思わず指がとまる。

「何て？」

「知らねえ」

「ふうん」

「だけどいいんじゃねえか。ばあちゃんもじいちゃんも、何かうれしそうだったぜ」

「そう」

それだけいうと、奏はまたふらっと出ていった。


佐藤先生、何ていったんだろう。

気にはなったが、今はそれよりこの和音だ。

もういちど、ピアノに指を置こうとして、ふと気がついた。

奏が立っていたところに、ジュースの缶《かん》が置いてある。

「お兄ちゃん……」

香音が大好きな、オレンジの粒《つぶ》がいっぱい入ったジュースだ。

「いただきます」

プシュっと開けて、ぐいっと飲む。オレンジのつぶつぶといっしょに、甘酸《あまず》っぱいミカンの味が、シュワーっと体にしみわたった。

「みんなで大縄《おおなわ》やろうっていってるの。いっしょにやらない？」

靴箱《くつばこ》のところで、陽菜《あきな》にさそわれた。

「ごめん。ちょっと用事があるの」

「このごろ香音、すぐ帰っちゃうんだね。あ、ひょっとしてピアノの練習？」

「う、うん」

「あーっ、コンクールに出るんだ」

「ううん」

香音はあわてて首をふる。

「コンクールじゃないんだ」

「じゃ、発表会」

「ちがう、ちがう。ただの練習」

「ええっ？　何でもないのに練習？」

「ごめんね。また今度さそって」

「うん。じゃあね」

バイバイって手をふって、門を出る。

「ピアノの練習っていえばさ」

ならんで歩き始めた彩美《あやみ》が、ふふっとわらう。

「桜小路商店街《さくらこうじしょうてんがい》に山田米穀店《べいこくてん》てあるじゃない」

「うん」

「一昨日《おととい》、じいちゃんと買い物にいったらさ、ピアノの音がきこえるんだよね」

ああっと、香音は心の中で思う。

「だれが弾《ひ》いてたと思う？　おばさんなんだよ」

香音はうれしくなってしまう。

「それが、『おぼろ月夜』なんだけどね、何だかいい感じなんだ」

このごろ、山田さんの腕《うで》もあがっているらしい。

「じいちゃんもそう思ったらしくてさ、おじさんに、あの『おぼろ月夜』いいですなあっていったの。そしたら、おじさんもすごくうれしそうでさ。うちのやつが弾いてるんですがねって、にやにやしてるの。何か楽しくなっちゃって」

「うん、わかるよ。そういうのあるよね」

それは、山田のおばさんのピアニッシモなんだ。

心に響《ひび》くピアニッシモだから……ね。

彩美とさよならして商店街に入るとすぐ、いつものように大沢《おおさわ》のおじさんが声をかけてくれた。

「おかえり、香音ちゃん。お母さんのようすはどうだい」

「来週、退院なんです」

「ほおっ、そりゃあ、よかったねえ」

「はい。ありがとうございます」

もうすぐ、ママが帰ってくる。

ママが帰ってきたら聴《き》いてもらうんだ。香音の弾《ひ》く「トロイメライ」を。

まだ、うまく弾けないけど、練習、練習、練習あるのみ。

ママに聴いてもらう時には、ママの心にとどくように弾かなくちゃ。

だって、香音のピアニッシモだもの。


ここは、桜小路商店街。

アーケードを入って、まっすぐ行くと、立花《たちばな》楽器店の看板《かんばん》が見えてくる。

フォルテッシモだけじゃなくて、ピアニッシモもいっぱい流れる楽器店。

だれかの心に響《ひび》くピアニッシモが、いつもどこかで流れている、そんな楽器店。

ここが香音の家。

ヴァイオリンや、トランペットがならぶショーウィンドウは、今日もキラキラと光っている。

「ただいまっ」

香音は、元気いっぱいドアを開けた。

作者●西村友里（にしむら ゆり）

1957年、京都に生まれる。京都教育大学卒。京都市内の学校に勤めて創作をつづけている。2008年、日本児童文芸家協会第13回創作コンクールで優秀賞受賞。主な作品に桜小路商店街を舞台にした「オムレツ屋へようこそ！」（第59回青少年読書感想文全国コンクール課題図書）「翼のはえたコーヒープリン」（第47回緑陰図書　共に国土社）「たっくんのあさがお」（第25回ひろすけ童話賞　PHP出版）などがある。

画家●鈴木びんこ（すずき びんこ）

制作プロダクションのデザイナーを経て、フリーのイラストレーターとなる。おもな作品に「12歳たちの伝説」シリーズ（新日本出版社）「The MANZAI」シリーズ（ポプラ社）「あわい」（小峰書店）「すてもる」（佼正出版社）「5年2組 横山雷太、児童会長に立候補します！」（そうえん社）などがある。日本児童出版美術家連名会員。

いちごケーキはピアニッシモで

2015年3月25日初版1刷発行

作　者　西村友里
画　家　鈴木びんこ
装　幀　山本　繁
発行所　株式会社　国土社
〒161-8510 東京都新宿区上落合 1-16-7
☎ 03(5348)3710(代表)　FAX03(5348)3765
URL　http://www.kokudosha.co.jp
印　刷　モリモト印刷株式会社
製　本　株式会社難波製本

落丁本・乱丁本はいつでもおとりかえいたします。
NDC913/158p/22cm　ISBN978-4-337-33626-1　C8391